문장의 무늬들

문장의 무늬들

초판 1쇄 발행   2017년 05월 25일

글쓴이   전영관

펴낸이   김왕기
편집부   원선화, 이민형, 김한솔
마케팅   임동건
디자인   푸른영토 디자인실

펴낸곳   **(주)푸른영토**
   주소   경기도 고양시 일산동구 장항동 865 코오롱레이크폴리스1차 A동 908호.
   전화   (대표)031-925-2327, 070-7477-0386~9
   팩스   031-925-2328
   등록번호   제2005-24호(2005년 4월 15일)
   전자우편   designkwk@me.com

ISBN 979-11-88292-14-1   03810
ⓒ전영관, 2017

문장의 무늬들

전영관

푸른영토

무릎의 흔적들을 본다. 통증은 사라졌지만 새살이 올라오며 만든 무늬들 속에 유년의 달음박질과 엉뚱한 실수와 아찔했던 사고의 정지화면이 들어 있다. 촛대뼈의 우묵함은 병영 시절 허락도 없이 내 전신을 휩쓸었던 폭력의 발자국이다. 상처에서 솟아오르던 통증들이 다 휘발되었을 때에야 우리는 그 자리를 흉터라고 부른다. 인터넷 시대의 화법으로 말하자면 흉터란 일상과 함께 하는 팝업이다. 클릭하는 순간 실행되는 영상이다. 어느 날 문득 내 의지와 상관없이 장착된 USB다. 눈으로 흉터를 본다는 건 클릭하는 것과 같다. 자동으로 폴더들이 펼쳐진다. 자주 클릭하는 건 아무래도 사랑이라 명명된 폴더다. 그 내부에는 각각의 이름을 가진 파일들이 존재하고 모양도 자료량도 천차만별이다. 어떤 것은 열리는 순간 댐이 터지듯 방 안의 모든 것이 둥둥 떠오르고 나만 바닥에 가라앉아 익사 직전까지 허우적거리게 된다. 다른 폴더를 클릭하면 도무지 변하지 않는 것들이 미라처럼 나란하다. 그렇지, 눈물로 염장되었으니 쉽사리 변질되지 않을 수밖에 없다.

상처는 어떻게 생기는가. 칼을 맞아도 무사할 수 있고 한 마디 말에 평생을 저당 잡히며 시달릴 수도 있다. 결국 주는 사람의 문제라기보다 받는 사람의 상태가 중요하다. 내가 아프니 상처고 오래도록 아물지 않으니 상처인 거다. 상처는 왜 생겨나는가. 믿음이란 세상 최고의 방패지만 방패를 준 사람에게는 허망하게 뚫리곤 한다. 나와 멀다고, 돌멩이를 던져도 여기까지 날아오지 않을 거라 생각했던 사람에게 뒤통수를 맞곤 한다. 소중한 것들이라 보석함에 넣어두지만 그건 도둑들에게 여기 있다는 신호가 되기도 한다. 누가 상처를 주는가. 사랑하는 사람의 한 마디가 치명적이고 사랑했던 사람의 뒷모습이 오래도록 뇌리를 차지한다. 배신은 불면과 당혹을 가져다 놓고 다시는 찾아가지 않는다. 모두들 행복한 거 같은데 나 혼자 불행하고 모두들 사랑에 열심인 거 같은데 나는 외롭다고 느낄 때 상처는 독버섯처럼 제 스스로 생겨나기도 한다. 누구에게 상처를 안기고 후회하는가. 참을 수 없는 모욕이라고 느꼈을 때가 있듯, 저런 인간은 당해도 싸다는 비난이 솟구칠 때가 있듯 누구나 상대를 찌른다. 그러나 상대도 괴로울 거라는 생각만으로도 후회는 이미 반성과 사과라는 옷으로 갈아입을 준비를 하는 셈이다.

나는 상처와 치유를 반복하며 견딘다. 삶이 그런 거라고 내 스스로를 다독인다. 상처는 두려움을 버리고 정면으로 응시할 때 비로소 새살을 밀어 올리기 때문이다. 때론 돌아보며 앞을 예감하고 앞을 보며 흐트러진 지난날들의 부스러기들을 마음의 서랍, 제자리에 담는다. 종교가 스승이고 학자도 스승이고 스치는 모두가 스승일 수 있으나, 항시 함께해주는 스승이란 자기 자신이다. 아니라고 부정하고 싶은 마음일 뿐, 쓰라림의 진원이 어디인지 자신보다 잘 아는 사람은 없다. 그러니 자기 자신에게 배울 수 있는 사람이라면 미혹에 빠지는 경우가 점차로 줄어들 것이다. 이런 생각으로 풍경과 기억과 상처와 상상들을 문장으로 옮겼다. 사랑에 아파하는 사람들을 세밀화로 남겼다. 사람 하나 일어선 자리에 남아 있던 온기가 사라지기 전에 채집했다. 나의 이야기이고 그대들의 사랑이고 누군가의 추억이며 우리 주변에 서성거리는 안색이다.

어느 갈피에선가 눈가에 달무리 진 사내를 만난다면 그대의 자화상이니 외면하지 마시라. 혼자 앉은 카페의 흐린 창에 비친 얼굴이 바보 같아도 아름다운 자신이니 가늘게 웃어주시라. 여기까지가 『그대가 생각 날 때마다 길을 잃는다』에 수록됐던 "작가의 말"이었다. 일부 수정된 부분도 있으나 저자로서의 느낌에는 대차가 없으니 개정판을 내면서 "서문"으로 옮겼다. 독자들께 무례는 아닌가 몇 번이고 가늠해봤다. 못난 문장이나마 애틋한 구석이 많아 내버리지 못했으니 너그러이 받아주시면 고맙겠다. 예전에 비다듬던 문장들이어서인지 자꾸 되돌아보게 된다. 그렇다면 이 감정의 발원지는 어디일까. 머뭇거리게 되는 아쉬움의 출처는 뇌리의 어느 부분일까. 과거의 아쉬움이 현재의 너그러움으로 변해버릴 때의 촉매는 무엇일까. 모든 답은 이 책『문장의 무늬들』에 있으니 천천히 읽어주시라 인사드린다.

차례

세상의 무늬들

맑은 거울을 찾아서

사랑에 대한 부재증명

사랑은 자신을 소멸시키는 용광로다. 첫눈에 반하거나 세월의 깊이와 함께 묶이거나 온통 상대만 보이게 된다. 그가 있어서 세상이 전망 좋은 너럭바위로 느껴지고 그녀가 웃으니 온통 향기가 번지는 거다. 상대에게 몰입하면서 내 일상은 흐트러지지만 불편하지 않다. 때로 중요한 기회를 놓치더라도 구원의 주인공이 내 앞에 있으니 두렵지 않은 것이다. 상대의 내부로 들어가기 위해 나는 점점 희석된다. 존재감 자체를 지워버린다. 그런 방식으로 스며들고 허공에 흩어진 상태로 상대를 호흡하게 된다. 때론 끝까지 간직해야 할 매력까지도 버리게 된다. 단지 상대의 들숨과 날숨 중 하나여도 그만인 상태가 되는 것이다.

'도두보인다'는 말이 있다. 돋보인다는 뜻이다. 사랑하면 과연 그런가. 집에서는 세상 어느 아이보다도 총명하고 활달한 것 같았던 내 아이가 올망졸망 유치원 입학식장에선 선뜻 찾아지지 않을 때 당황하지 않았을까. 이성 간의 사랑과 천륜은 작동기제가 다르지만 거리에 서 있는 그를, 팔랑팔랑 걸어오는 그녀를 보았을 때 역시나 내 사랑이 도두보인다고 확신하게 된다. 허나 진정한 사랑이란 "내가 나를 더 소중한 사람으로 만들게 하는 힘you make me wanna be a better man"이다. 왠지 내가 내게 더 몰입하고 지금보다 나은 사람이 되어야 할 것만 같은 동기를 주는 게 진정한 사랑이다. 단지 멋지게 보이고 싶은 갈망과는 다른 뜻이다. 소멸이 아니라 심화, 확대를 스스로에게 주문하는 과정이다.

그러니 사랑은 소금 들고 폭우를 지나가는 여정이다. 소금은 내 허상을 증발시키고 남긴 존재의 뼈와도 같다. 그게 없다면 사랑이 지속되겠는가. 그게 없는 사람이 지속적으로 사랑받을 수 있겠는가. 나는 사랑을 위해 버렸는데 상대는 그걸 버렸다면 실망이라고 돌아서려 한다. 지금 이대로 행복한데 상대는 점점 자신을 지우고 내게로만 수렴하려 애쓴다. 사랑이라는 풍경은 이렇게 바깥과 내부가 다른 것이다. 처음과 중간도 다르고 마지막은 낯선 장면이다. 내리는 눈이 풍경을 덮으며 절경을 보여주는 게 사랑이지만, 서서히 녹아가는 과정도 사랑이고 때론 혼자 쓸어내야 하는 시간까지도 사랑이다. 시린 손으로 빗자루를 잡았을 때 전해지는 투박함과 싸늘함 또한 사랑이다. 빗자루가 먹히지 않는 얼음덩이들 역시 당신과 내가 만끽했던 황홀의 잔재다. 자전거 끌고 눈길을 지나면 긴 바큇자국과 툭툭 끊어진 발자국이 남는다. 이렇게 기억의 단속斷續과 지독하게 연속連續되는 시간의 병행이 사랑에 대한 에필로그다.

저 멀리 등대가 보일 때

아름답지만 바다는 거대한 짐승이다. 아름다우면서도 온몸이 아가리인 괴물이다. 어찌 건널까. 가로지르고 싶은 욕망이 몸을 떠민다. 일상은 반복으로 무감해지고 반복은 공포의 씨앗을 쉽사리 발아하지 못하도록 더 깊게 묻어놓는다. 바다를 건너는 일은 바다에 떠 있다는 말이다. 황홀하면서도 발이 닿지 않는다는 두려움의 시작이다. 물길에 따라 방향이 바뀔 수 있다는 막막함의 술기들이다. 툭, 터지면 걷잡을 수 없게 된다. 마음은 수심보다 깊어지고 수평선 너머까지 보내보는 시선은 물빛에 난반사되곤 그만이다.

누구 탓인지, 괴물이 아가리를 벌릴 때가 있다. 사방을 둘러봐도 허연 송곳니만 보일 때가 있다. 공포는 전신을 점막으로 바꿔놓는다. 키스할 때의 입술처럼 예민해지고 입술처럼 생채기가 쉽게 난다. 입술이라서 쓰리다. 입술이니까 찢어지는 순간 선혈이 비치는 거다. 어느 누구라도 물에 빠진 것같이 낙담으로 젖어버린다. 전신이 팽팽한 점막으로 변했다는 건 물을 가득 채운 풍선과 마찬가지다. 건드리는 순간 터져버리는 거다. 터진 풍선보다 쓸쓸한 잔해가 또 있을까. 물 위에서 절벽을 느끼는 순간 아, 저기 등대가 보인다.

그러나,

> 등대란 거기 있다는 증명이다.
> 다가오지는 말라는 묵언의 경고다.
> 다만 길잡이라는 상징이다.
> 그러니 먹빛 바다에서 등대가 보인다고
> 그 방향으로 키를 고정시킬 수는 없다.

끝까지 달렸다가는 침몰하게 된다. 당신도 나도 언제부터인지 모르게 체득한 상식이다. 그래서 사랑하는 이에게 곧장 달려가는 건 때로 위험한 항해술이다. 불빛을 보며 얼마만큼의 거리를 유지하고 지나야 한다. 마음에 그 불빛을 옮겨 붙여야 한다. 항로에 따라, 등대에 따라 그 거리는 멀기도, 가깝기도 할 것이다. 당신은 누군가의 등대였던 적 있나. 너무 가깝다고, 위험하다고 소리치며 안타까워했던 적 있나. 용골이 부러진 조각배를 보며 탄식하던 기억은 혹시 없는가. 당신은 어느 빛나는 존재를 당신의 등대 삼아 무작정 노를 저었던 건 아닌가. 등대 가까이엔 암초가 있음을 예감하기는 했었나. 그러다가, 그러다가 침몰하며 울부짖었던 건 아닌가.

사랑이여, 내 젊은 날이여 이제야 깨닫는다. 등대와 배처럼 사랑은 때론 스치며 새겨두는 것이었음을 말이다. 변함없이 거기 있는 빛이었음을 너무 늦게 알았다. 그러나 그 당시에는 침몰하는 내 자신을 후회하지 않았다.

노을이 필 때마다 전화를

당신은 부재중이다. 한사코 부재不在라 단언하지 않는 심사를 전할 길 없지만 내게 당신은 부재중인 현실이다.

　　한밤중 두어 번 보내곤 끊어버리는 신호음처럼
　　그리움은 나아가지 못하고 안으로만 맴돈다.

나의 늑골을 부술 수 없는 것이다. 늑골은 견고해서 터지려는 심장을 잡아주었었다. 나란히 견고해서 당신께 꺼내려 해도 그럴 수 없었다. 이세 내 자신을 단속하기만 한다. 잡아주는 거라고 위안하기에는 내부의 소용돌이가 점점 심해진다. 폭발과도 같은 원심력으로 당신에게 신호를 보낼지 모른다.

집전화기로 내 핸드폰에 전화를 거는 날 있다. 머라이어 캐리의 〈My All〉을 듣는 날 있다. 해초처럼 감기고 썰물로 쓰러진다. 부글거리는 용암에서 차가운 현무암까지 순간이고 영원이다. 대답 없음이 당연한데도 기다리기까지 한다. 듣다가 돌연 수화기를 내려놓는다. 반복은 감정의 역치閾値를 올리기만 한다. 막막한 신호음의 시대가 좋았다. 뚜르르, 암흑 저쪽 환한 곳으로 터널을 빠져나가는 기차의 뒷모습 같았다. 바람이 뒤통수를 갈기며 저 혼자 따라갈 때 나는 막막히 서서 바라보기만 했다. 오늘처럼 비가 오는 날은 그 소리들이 빗물 되어 전신을 적시곤 했다.

산중 사찰에 전화기를 설치한 이 누구일까. 이제는 수화기를 들어도 신호음 없는 전화기를 그리움의 상징으로 유지한 이는 누구일까. 공중전화 앞에서 서성여본 사내만이 호명할 수 있는 기억들이 있다. 달려갔다가 멈칫, 되돌아오고 말았던 여인만이 간직한 무늬들이 있다. 그것들은 한 무리의 까마귀처럼 한꺼번에 날아올랐다가 순서 없이 되돌아오기도, 영영 가버리기도 한다. 빈 가지의 흔들림만이 새로운 무늬로 기억되는 것이다. 내게 전화를 거는 날이 있다. 묻는 말에는 대답도 없으면서 내가 외면했던 기억의 이면으로만 응답하는 당신이다.

사랑하느냐 묻지 마라. 다가가 안아달라고 해라. 상대의 등이 사바나 초원만큼 넓다면 사랑이다. 꽃잎 한 무더기를 어루만지는 기분이라면 충만이다. 닿기만 해도 흐뭇하고 잡았던 손을 놓았을 때 촉촉한 손바닥의 서늘한 기운 때문에 얼른 다시 잡고 싶다면 그게 합일이다. 한쪽 어깨가 다 젖어도 비가 그치지 않았으면 하는 마음이 시작이고 끝이다. 사랑한다고 말하지 마라. 보고 싶다고 해라. 당장 달려오라고 해라. 그러나 상대가 그럴 수 있는지 먼저 가늠해라. 참을 수 없는 것도, 참아야만 하는 것도 사랑이지만 어느 쪽을 선택해야 할 때 상대를 앞에 두어라. 참을 수 없는 건 없다. 통증으로 혼절한대도 그 자체가 참아냄의 뒷면이다.

당신의 사랑이 끝났다고 남에게 함부로 떠들지 마라. 다 먹은 밥 그릇을 밟고 지나가는 강아지가 된다. 때가 시커멓다고 은수저가 아닌 게 아니듯 당신의 나태를 먼저 돌아보라. 지저분한 당신의 뒷모습을 사람들에게 자랑하는 꼴이다. 남의 사랑을 묻지 마라. 처참한 결말이고 참혹한 외면이었더라도 당신의 호기심보다 가벼웠던 사랑은 없다. 듣고 싶다면 기다려라. 남이 가꾸었던 꽃밭에 들어갈 수 있을 만큼 당신의 발도 깨끗해야만 한다. 당사자는 절실함이고 당신은 취향일 뿐이다. 눈금 간격도 일정하지 않은 저울에 올리지 마라.

내게 틀렸느니 맞았느니 하지 마라. 피카소 그림을 보며 코가 두 개라느니 눈이 왜 하나만 있느냐고 들이대는 것과 다를 바 없다. 그러나, 그러나 이렇게 말하면서도 버스 뒷자리에서 신문지 펼치고 나누었던 키스를 잊을 수 없다. 약속장소의 인파 속에서도 도두보이던 백도白桃를 지울 수 없다. 지상에 단 두 알뿐인 그 머루의 깜박임을 거부할 수 없다. 물고 빨고 비비는 게 사랑이라며 웃곤 하지만, 역시나 사랑은 참는 거였다. 이별 후에도 참는 거였다. 그러나 상대는 나와 상관없는 결정을 내리곤 한다. 내가 지은 매듭은 불가피한 선택이었고, 상대가 결정한 이별은 잔인함이라고만 기억한다. 아마득한 뒤를 돌아보면 욱신거리는 이별이란 의사도 아닌 환자가 기록한 치과차트dentalchart다.

어두운 건 당신

어두운 화장실에 들어가려면 스위치 먼저 올립니다. 거긴 창이 없는 까닭이죠. 만약 화장실 안쪽에 스위치가 있다면 어떻겠습니까? 익숙한 곳이라 해도 미끄러지고, 세면대에 허리를 찧거나 때로는 욕조에 엎어지기도 할 겁니다. 간혹 창이 있는 화장실도 있습니다만 밤이면 어쩌렵니까? 그렇게 만든 사람을 탓할 겁니다. 먼저 환하게 밝혀야 한다고 기능 운운하게 됩니다. 당연히 그래야죠.

> 어두운 곳으로 발을 디디는 일은
> 위험과 공포를 동반하는 까닭입니다.

집으로 들어가는 경우는 다릅니다. 현관의 센서등이 먼저 들어옵니다. 타이머까지 달려 있어서 정해진 시간에 꺼집니다. 허나 집은 화장실보다는 넓어서 어둠이 다시 채워지기 전에 거실이나 식탁의 스위치를 올려야 합니다. 익숙한 것들이 기다리고 있겠죠. 소파에 누웠을 때의 느긋함과 책상 첫 번째 서랍을 열었을 때 거기 있는 페이퍼나이프와 같은 느낌들 말입니다. 빼딱하게 잠긴 잉크병도 불만스런 표정 그대로일 겁니다.

기능이란 세상 이치의 즉물卽物입니다. 형상화해서 우리가 사용하는 것이죠. 거슬러 올라가보겠습니다. 상대가 허락하지 않았다면 아예 불가능한 일이지만 누군가의 마음으로 들어가려면 당연히 스위치 먼저 올려야 합니다. 오묘하게도 그 스위치는 본인이 올리는 게 아니랍니다. 내 마음을 밝히고 상대를 초대하는 것과 다릅니다. 현관의 센서등은 풍만한 가슴이나 사용한도 없는 카드와 같아서 일시적일 뿐입니다. 헌데 저는 종종 센서등 타이머의 시간이 너무 짧다고 한탄하곤 했습니다.

누군가 제게 "어두운 건 당신"이라 한다면 인정하겠습니다. 불을 켜야 한다는 걸 종종 잊습니다. 심지어 스위치는 찾아보지도 않고 툴툴거립니다. 우물쭈물 적당히 짐작하는 습성이 깊습니다. 옳다고 울대에 힘을 주는 건, 겨울잠 잔 짐승들이 체온을 올리기 위해 몸을 떠는 행동처럼 내부의 두려움을 떨치기 위한 방편입니다. 예, 제가 어둡고 몽매한 사내일 뿐입니다. 이러며 사느라 정작 스위치를 엉뚱한 곳이나 도무지 찾을 방도가 없는 곳에 설치한 누군가를 만나도 내 자신을 탓하곤 합니다. 이런 자책에 빠져 있을 때 하르르, 웃어주면 환해질 것 같습니다만……

비 온다. 사랑에 흠뻑 젖은 사내는 비에 젖지 않는다. 그에게 비란 자동항법 승용차여서 창 넓은 카페까지 무정차로 데려다준다. 가 라앉았던 그니의 샴푸 향기가 빗물에 새로 번지며 그의 말초를 마 비시킨다. 비누 냄새가 그의 머릿속을 욕실 타일 크기로 잘게 분 할한다. 칸칸마다 영화에서나 보았던 장면들이 채워진다. 그에게 비는 라떼여서 인중에 묻던 생크림처럼 신경세포를 간질인다. 우 산 하나에 두 몸을 담고 걸을 때 그니의 가슴이 팔꿈치로 전해주 던 전류를 떠올리게 한다. 사랑에 젖은 사내는 외투가 젖어도 무 게를 느끼지 않는다. 버스에서 살며시 기대오던 그니의 무게를 즐 기게만 한다. 어깨가 끊어질 것 같아도 목적지까지 참아낼 수 있 는 힘을 준다. 사랑에 흠뻑 젖은 사내는 비도 눈도 바람도 온통 기회고, 핑계고 강철 같은 스케줄을 쪼갤 수 있는 칼이다.

비 온다. 우산을 펼칠 생각도 없이 비에 젖어본 여자는, 비에 화장이 지워져 본 여자는 비를 피하고만 싶다. 시계를 거꾸로 돌려놓는 어둠의 마법사이기 때문이다. 연락할 수 없는 사내가 불현듯 탁자 맞은편에 홀로그램hologram으로 나타나는 까닭이다. 그의 까칠함이 예민함이라고, 순수해서 사소한 오염도 견딜 수 없이 괴로워하는 거라고 믿었었다. 인기 많은 남자의 연인임을 우쭐해하기도 했다. 사랑에 빠진 것들이나 비를 낭만이라고 호들갑 떨겠지, 비는 농촌에나 필요한 추적거림이겠지, 하며 코 벗겨진 장화를 찾는 아침이다. 고양이 뒷덜미를 쓰다듬는 손이 습기 때문인지 부드럽게 나아가지 않는 밤이다. 연애 종말에 느끼던 감정의 속도다. 문자메시지 답신이 조금씩 늦어지던 불안이다. 무슨 까닭인지 냉장고에 넣어뒀던 나초nachos도 바삭하지 않다. 맥주는 여자가 마시는데 자기가 먼저 취한 것만 같다.

비 온다. 젖을 뿐이다. 기다리면 밀물이 되고 배가 떠오르듯 비는 언젠가 그친다.
그러나,
　　눈물은 적시지 않고 녹여버린다.
　　사랑을 잃은 남자의 눈물은 세상을 녹인다.

다시는 원형을 복원할 수 없게 엉망으로 뒤섞기도 한다.

남겨진 여자의 눈물은 심장을 녹인다.
가까스로 일상을 유지할 수 있도록 심장만을 녹인다.

거리에 비 온다. 젖는 것 같아도 도시의 비란 얇은 옷과 같아서 내일이면 벗어버릴 것이다. 우산 쓴 사람들이 걸어간다. 사내에게는 번들거리는 거리가 다 녹아내린 추억의 용광로다. 여자는 녹아버린 심장 때문에 습관처럼 가슴을 여민다. 눈물은 수용성水溶性이 아니라서 비와 섞이지 않는다. 친절한 척, 비가 눈물을 가려주기는 한다. 사내는 뭉개져 폐허인 거리를 걸으며 추억하고 폐허이기에 걸어오는 여자를 힐끔거린다. 전부가 녹아버렸는데도 일부라고 고집하고만 싶은 여자는 고개 숙이고 걷는다. 장화가 만들어내는 파문의 속도를 본다. 더는 녹일 것도 없는데 눈물이 고인다. 비 온다. 사내는 힐끔거리고 여자는 트럭이 달려오는 걸 보지 못했다.

내게 거짓말을 해다오. 달콤해서 두 번은 삼킬 수 없는 석청을 귀에 부어다오. 아니, 남들 다 듣게 큰 소리로 내가 미리 건넨 말들을 외쳐다오. 진실이라고 내게 강변해다오. 믿을 수 없느냐고 당장 깨질 것 같은 분노를 보여다오. 거짓을 거짓이라 나를 속여다오. 그리하여 내가 너만을 믿을 수 있도록, 세상의 전부를 네게만 비춰 보도록 해다오.

거울아, 이제 나는 앞만 보련다. 너를 세우고 바라보면 뒤만 보게 되겠지. 그것은 나의 정면, 거기는 나만의 제국이려니. 거울아, 내게 거짓말을 해다오. 착각이라도 하게 해다오.

그리하여 지나가는 누구도 나와 함께 볼 수 있도록 맑게 닦으려니. 어느 여인의 갈색 머리칼을 찰랑찰랑 보여주리. 백발이 될 것임을 끝끝내 말하지 않으리. 사랑하는 이들의 파장을 둥글게 되비춰 주리. 오래지 않아 투명한 파장에 갇혀 울부짖을 사람이 둘 중 누구인지 알아도 눈짓하지 않으리. 졸부의 뒷머리를 보았어도 짐승의 터럭이 반이나 되더라고 소문내지 않으리. 노숙자의 소매에 찌들어 있는 가족들 안부도 나 혼자만 읽고 함구하리. 아이의 뒤를 따라오는 검은 그림자들이 보여도 다만 지나치기를 소원하리. 쫓을 수 없음을 아이가 스스로 알아갈 거라고 자위하리. 청보리 출렁거림을 몸에 감고 다니는 농촌출신이 와도, 파도의 내재율대로 걸어가는 바닷가 출신의 구두를 봐도 고향소식을 묻지 않으리. 선명하게 비춰지는 쇠락을 그들은 볼 수 없게 지워버리리. 그러니 거울아, 나의 오만을 착각이라 말하지 말아다오. 끝끝내 거짓말만 해다오. 아름다운 착각만 하게 해다오. 사랑 앞에서는 볼록거울이 되어다오. 내님의 눈썹에 내려앉은 별빛으로 주단을 짤 수 있게 세세히 보여다오. 때로는 오목거울로 의심과 미련을 더 작게 보이도록 해다오. 휘어진 마음도 올곧게 비춰주고 때 묻은 손을 씻을 수 있도록 부끄러움까지 보여다오.

거울아, 거울아, 나는 이렇게 손쉬운 변론이나 열렬히 추종하는 열쭝이려니. 후생에는 물장갑에 비친 제 모습에 화들짝 놀라 달아나는 파리 따위나 되려니. 거울은 거울일 따름임을 알 때까지 비루한 환생을 거듭하려니.

돌아오지 않았어야 했다

기다림이란 나로부터 출발하는 우편물이다.

답신은 끝내 오지 않고

불면이란 등기전표만 쌓이게 된다.

호칭이 관계를 결정하는 것처럼 당신과 나는 서로를 부르는 이인칭 안에서 공존한다. 타인에게는 두 사람이 연인이라는 하나의 인칭으로 호명된다. 신호대기 중에 앞차와 내 차의 깜박이가 동시에 점멸하는 경우가 있다. 그러나 일치는 순간일 뿐 어느새 어긋나 정반대로 점멸하게 된다. 일치와 어긋남이 반복되지만 우리의 삶은 자동차 깜박이보다 심각하게 느리고 길다. 나무처럼 장구하지는 않아서 침묵이나 달관의 표정을 덮을 수도 없다. 붉은

35

신호등이 점등하는 순간에 교차로에 도착했을 때 실망하는 자가 사랑에 충실했다고 하겠다. 조금 일찍 왔을 뿐이라며 담담하다면 그는 사랑에 있어서도 성자와 같을 것이다. 사랑이란 상대와의 끝없는 시차에 당황하는 과정이다.

새로운 사람을 만나게 되고 또 다른 사랑을 꿈꾸며 진행되지만 어쩌면 그 만남이란 첫사랑에 대한 애도 기간에 찾아온 문상객인지도 모른다. 일회용 심장을 가진 자들은 평생 상주 역할에 복무하기도 한다. 약속이란 지켜지는 기간보다 깨졌을 때에야 비로소 의미를 꺼내놓는다. 약속의 바깥에 버려지게 된 자만이 되새김질하는 것이다. 결국 기록이란 돌아보는 자의 것이고, 그는 버림받은 당사자다. 담당형사처럼 증거들을 수집하며 혼자임에 대한 확증을 견고히 하는 행위일 뿐이다. 연인들은 징표라 명명하고, 내비게이션으로 출발지를 재검색한 자들은 흔적이라 부른다. 돌아와 절망하는 것이다. 공원의 나무에, 조각품에 새겨진 사랑이란 출발지일 확률이 높다. 어디였는지 모르는 연인들이 외려 행복할 수 있다. 되돌아오는 여정의 종착지가 어디인지 모르는 자는 투신할 장소를 정하지 못하는 셈이다. 출발이라는, 시작이라는 감정 없는 사랑을 시작하고픈 계절이 온다.

고
백

바다도 가만 살피면 흘러드는 강이 있지요. 강을 따라 오르면, 갈림길마다 다시 오르면 어디선가 최초의 샘이 솟아나겠지요. 전생이 있다면 어디까지 거슬러 올라야 시원에 다다를 수 있는지요. 거기서 나를 만날 수는 있는지요. 그이가 진정 나라고 해도 되는지요. 나와 마주하고 악수라도 나눈다면 둘이 하나로 합일할 수 있는지요. 탁한 내가 정갈한 나를 만나 아는 체해도 괜찮은 일인지요. 세상의 예법으로도 용인될 수 있겠는지요.

영혼을 그러모으는 항아리가 있다지요. 들어앉아 오래도록 고향집 젖은 벽지를 말리고 어머니 발을 씻어드리고 가슴에 박힌 비수들을 빼내고 나면 청솔가지로 저녁 짓는 연기가 싸릿대 담을 넘어 대숲으로 스며들 듯 순정한 처음으로 돌아가게 된다지요. 통점마다 짐승의 잔털처럼 박혀 있는 거리의 소음도, 모르는 사이에 등짝에 새겨진 불길한 문장들도, 월요일 오후의 무게와 한 장만 뜯은 두 장의 영화표도, 골절상이 아무는 것처럼 제자리를 찾고 날아간다지요. 고향집 장독대를 어루만지고 지나가던 보름달처럼 괜찮다, 괜찮다 웃고 보듬어줄 누군가가 그 나라의 주인이겠지요. 편견으로 풀 먹인 셔츠를 자랑하고 다녔으면서 정작 속옷은 남루한 저를 그 항아리에 담아주시려는지요.

그대와 내가 아이들처럼 시소에 마주 앉으면 언제나 내 쪽으로 기울기만 합니다. 오래도록 항아리에 남아 맑아질 때까지, 깃털 하나보다 가벼워질 때까지 기다리고 참았을 그대에 비해 서둘러 돌아오려 했던 내게는 전생의 잔재들이 남아 눈금보다 예민한 시소를 속일 수 없는 거였겠지요. 사내가 더 무거운 게 세상 이치라고 허허 웃곤 하지만, 거기서도 버릴 수 없었던 그대의 눈빛들 때문임은 끝끝내 숨겨야만 했지요. 그걸 말해버린 사람은 시소가 되었답니다. 밤이면 저린 양팔을 어쩌지 못해 저 혼자 곰곰 차가운 표정이 되곤 한답니다. 내가 빙그레 웃는 이유가 궁금하겠지만 비밀이라서 혼자만 간직해야 하겠습니다.

전생을 기억한다면 도대체, 어디에서 그대와 내가 덮던 이불의 온도를 찾을 수 있는지요. 어디까지 올라가야 전부를 떨치고 그대와 나만 남겠는지요. 두렵기까지 한 내 기시감既視感의 정체를 환히 밝혀줄 말씀의 샘이 거기 있겠는지요. 봄이 오려는지 하늘은 다 녹아서 흐릿하고, 전부를 안다는 듯 흐릿하게 표정을 감추고, 분별할 수 없는 일이라는 사람들의 탄식으로 흐릿합니다. 똑같이 나눠 가지지 못해서, 시소에 올라가도 내내 수평일 수는 없어서 기울고 흐르고 안타까운 사람의 일이라 하는지요. 몸으로는 멀어서 현기증이 심해지지만 마음으로는 더 가깝고 쓰리게 포용하는 그대와 나만의 일인지요.

소용없는 일

추억은 발원지를 찾을 수 없는 지류들이다. 합수머리가 반복되고, 따라가다 길을 놓치게 된다. 지류가 아무리 많아도 하류에서 만나듯 추억이란 결국 최초의 지점으로 가지는 못 하고 떠밀려 내려가기만 한다. 허공에 상영되기는 해도 발원지로부터는 멀어진다는 증명이 바로 추억인 셈이다. 발원지에는 누가 있는가. 그이의 가을음성은 변하지 않았을까. 수심 깊은 바다와 같았던 눈빛도 그대로일까. 거기는 어떤 나무가 남아 있는가. 여전 등황색 꽃을 피울까. 바람이 지나갈 때 이파리들은 그늘이 잘게 부서지는 소리로 팔랑거릴까. 그곳의 지층은 몇 겹이나 쌓였는가. 절망했던 내 젊은 날의 주저흔躊躇痕도 남아 있을까. 버린 갈망들이 짓눌려 물결무늬로 어룽거릴까.

발원지란 떠내려가며 등으로 느낄 때만 아름다운 미궁迷宮이다. 저
뒤의 어딘가에 있다는 믿음만이 위안이다. 우리는 거슬러 오르려
는 동력을 숨기고 있다. 거개는 그리움이고 누군가는 증오일 것이
다. 몸을 돌린다 한들 숱한 갈림길은 망설임만 증폭시킨다.

어디로 가야 하나. 한쪽으로 오르면 사랑하던 시절처럼 물굽이의
완만한 포옹을 만날 수 있겠지만, 어느 한쪽은 절망의 폭포가 재현
될 것이다. 합수머리란 그런 곳이다. 내려가며 또 다른 기억들과
의 조우로 안심하거나 탄식하고, 거슬러 오르려면 갈등의 극점을
견뎌야 한다. 그 견딤 또한 원하는 결과를 보장하지 않는다. 그렇
잖은가. 허전함으로 시작된 회상은 분홍빛 연속화면으로 상영된
다. 갑자기 암전을 거듭하고는 끝장난 날의 술잔을 보여주는 악마
의 장난질에서 멈춰버린다.

기억은 시간의 침식지대가 만들어낸 물길이고 추억은 흐름이다.
방향을 지정할 수 없고 물발의 세기도 조절 불가능이다. 어리석
은 일인 줄 알면서도 거슬러 오르려는 마음을 미워할 수 없다. 어
리석음을 안다면 애당초 사랑에 빠지지도 않았을 일이다.
그러니,
　　　　추억은 출렁거림이다.

말갛게 흐르던 물길이 까닭 없이 감탕을 일으키는 것이다. 물길에 퇴적되었던 장소와 미각과 향기와 촉감이 순서 없이 올라오는 열꽃이다. 당황한다면 발원지가 멀지 않다는 증거다. 담담히 감탕에 옷을 적실 수 있다면 그의 발원지는 무릎이 닳아도 도달할 수 없는 거리에 있다.

그러니,

　　　추억이란 떠밀려 내려가는 동안의 멀미다.

발원지가 크고 깊었을수록 침식도 심각하고 물발도 사나웠을 테니 오래도록 시달려야 하는 결핍이다. 추억에 잠길 때마다 당신은 시선을 멀리 둔다. 허공에 상영되는 당신만의 화면을 바라보는 거 아니겠는가.

외로움을 친친 감기만 하면 되나. 그리움으로 피복된 그 외로움
이란 전선을 감기만 하면 전자석電磁石이 되겠나. 전원은 누가 넣
어주나. 사진이겠지. 앞에 앉은 얼굴이겠지. 남겨진 머리핀도 되
겠지. 무작정 당기기만 하는 영구자석 말고 절실할 때에만 더더
욱 강력해지는 전자석이 되고 싶어. 한사코 밀어내기만 하는 영
구자석은 싫고 생각할 겨를도 없이 철컥, 당겨버리는 전자석이면
좋겠어. 전원이 꺼지면 샴푸 향기처럼 남는 건 있을까. 휘감던 자
기장의 메아리는 단번에 사라지고 마는 것일까.

몸을 깎아야 한다면 기꺼이 덜어내겠어. 당신이 완만한 홈을 가

졌다면 거기에 맞게, 당신의 내부가 날카로운 골이라면 예리한 칼로 잘라낼 거야. 부분을 원한다면 거기까지만, 내 욕심대로라면 전신을 다 관통할 수 있도록 요철을 만들겠어.

온몸이 나사가 되면 아찔하게 회전할 수 있겠지.
끌어안고 절대로 풀 수 없다고 힘을 줄 수 있겠지.
그러나 천천히 되돌며 풀려나가기 시작했을 때에는
슬픔도 오래도록 지속되겠지.
가버리는 당신을 나는 독을 삼킨 것처럼
꼼짝없이 바라보기만 하겠지.

영구자석도, 전자석도 싫어. 덜컥 달라붙는 급작스런 체위로 지속하기는 싫어. 역시 난, 아무래도 난 나사螺絲가 좋겠어. 날카로운 불면으로 하루에 한 마디씩, 무뎌지지 않는 그리움이 오고 가며 한 마디씩, 외롭다 외롭다 고개 숙일 때마다 또 한 마디씩 파내면 될 거야. 발끝부터 시작했지만 벌써 허리를 넘어서고 있잖아. 서두르지 않겠어. 도중에 멈춰 서지 않도록 가지런한 나사산을 만들 거야. 이만이나 깎았는데 서로 다른 홈이면 어떡할까. 도무지 맞지 않는 우리라면 절망이겠지. 지금에서야 덜컥 겁이 나는군. 그래도 자석보단 나사야. 촘촘 껴안을 수 있는 나사야, 나는.

저 사내야. 손으로 허공의 현을 짚나 봐. 비파소리가 나잖아. 음
이 높아지고 있어. 아니야 내가 울렁거리는 거야. 어쩌지, 알아챘
나 봐. 비행속도가 느려지잖아. 다가가도 될까. 하르르, 저 꼬리
에 말려들어 버릴까. 햇빛 때문에 눈부신 게 아닌가 봐.

드디어 사나이의 영역으로 들어오는군. 기다렸던 마음을 들키
고 싶진 않아. 강렬하게, 출렁하도록 느리게 날갯짓을 해야지.
거울 같은 눈하며 늘씬한 아랫배라니 가까이 더 가까이 와. 당신
뒷목을 움켜쥐고 싶어. 기다림은 날 가열시키는 연료였어. 치명
적이야.

거칠게 다뤄도 괜찮아요. 당신 꼬리는 명지바람으로 엮은 밧줄 같아요. 이 체위로 겨울까지 날아가도 그만이죠. 어떤 새가 덮친 대도 도망치지 않을 거예요. 전신에 쇳물이 흐르고 있어요. 날개만 남고 전부 녹아버렸어요. 이대로, 이만큼만이라도 조금 더 기다려줘요.

사나이 가슴에 용광로를 숨긴 채 비행했어. 불을 붙였으니 우린 끝장이야. 남김없이 줄게. 호수에 우리를 기록해줘. 참혹한 계절이 가면 다시 시작할 거야. 처음이자 마지막이라고 잊지는 마. 오늘은 시월하고도 19일이야. 19금이라 한다지. 가슴이 타버린 거 같아.

턴
오
버

마음에 두었던 사람의 면전에서 얼굴이 붉어졌다면 당신의 내부가 위로 올라온 것이다. 일시적 현상이라고 변명할 수 있지만 한번 자리바꿈한 마음은 좀체 제자리로 돌아가지 않는다. 산소부족인 양 호흡이 가빠지고 허둥지둥 실수하기도 한다. 균형이 깨진 상황이다. 호감이라 쓰고 관심이라 읽으며 성에 낀 유리창엔 사랑이라 적는다. 일상의 시간표가 바뀌고 옷장의 옷들도 주말에 맞춰 순서를 정하곤 한다. 노을도 유난히 붉게 보인다.

요즘이 물 뒤집히는 계절이다. 따듯한 물은 상부에, 찬물은 하부에 고이는 게 당연한 이치지만 주야로 기온차가 심해지면 상부의 수온이 하부보다 낮아진다. 무거운 것이 상부에 있으니 물은 비중에 따른 자리바꿈, 즉 뒤집히게 된다. 이른바 Turn Over가 일어나는 것이다. 바닥까지 보여주던 호수가 서서히 탁해지고 감탕까지 떠오르게 된다. 산소가 부족해 물속 비린 것들도 당황한다. 낚시 또한 빈 바구니인 경우가 많다. 겨울을 예감한 호수가 몸을 뒤채는 것이다.

우리는 뒤집으며, 뒤집히며 산다. 내외부가 자신도 모르는 사이에 바뀐다. 거기까지의 수심水深조차 잊었던 감탕 전부가 솟아올라 견딜 수 없는 밤을 지새우기도 한다. 호수가 가을이면 탁한 몸살을 하는 것처럼 사람이라는 계절을 겪어내는 것이다. 호수와 달리 수시로 오는 감정의 뒤바꿈이고 기온과 상관없는 흔들림이다.

　　이 가을은 사랑 때문에 온통 뒤집혔으면 좋겠다.

　　사랑이라는 턴 오버Turn Over로

　　내 안의 감탕을 남김없이 끌어올렸으면 좋겠다.

　　그니가 말끔히 걷어줄지도 모르니까.

사바나에서의 연애

기린의 방식은 싫다.

드넓은 초원에서 이별한다면

얼마나 오래 걸어야 볼 수 없는 거리까지

멀어질 것인가.

키 큰 아카시아 뒤에 숨는대도 전율하는 얼룩무늬를 들키고야 말 테니까, 경중경중 뛰어야 할 테니까 기린의 이별 방식도 초원도 싫은 것이다. 돌아봤을 때 담담히 제 길을 가고 있는 그녀의 목이 흐느끼는 듯 흔들린대도 아지랑이 때문인지 아닌지 가늠할 수 없어서 절망인 것이다.

얼핏 매력적일 것 같아도 사자의 사랑 역시 마찬가지다. 딸린 새끼를 물어뜯어 버리고 차지한 그녀의 뒤태가 영원한 소유는 아니었다. 엊그제까지도 교태 부리던 그녀가 새로운 강자의 어금니 앞에 엎드린 모습은 태양이 눈으로 박히는 통증이다. 쫓겨난 서넛이 함께 걷는 초원이란 푸르른 지옥이다. 그녀에게만 가끔 쓸모 있는 수컷이었고, 용수철처럼 튀는 가젤 영양은 도무지 잡아챌 방법이 없다. 발정기 때마다 피가 거꾸로 흐르는 느낌이다.

암수 한 몸으로 캄캄한 지층에서 뒤엉기는 지렁이가 매력적일까. 부담스럽다. 참혹한 이별의 방식이지만 두더지에게 반대편만 뜯긴다는 보장도 없다. 호숫가 원앙이면 어떨까. 셋 중 하나는 혼외정사 새끼라니 깔끔한 이별도 물 건너간 셈이다. 지극한 일부일처 두루미 족속은 어떤 방식일까. 소나무 우듬지가 법정은 아닐까 궁금한 것이다. 기린도 사자도 아니어서, 지렁이 따위나 가증스런 원앙도 아니고, 답답해 보이는 두루미도 영 흡족하지 않은 것이다.

사랑은 물고 빨고 유치해야 제맛일까. 사랑해서 이별하는 거라면 실컷 사랑하고 이별할걸 그랬다. 붙잡기 전에 얼른 가라고 할 거면 차라리 절대로 보낼 수 없다고 손목이라도 잡아볼걸 그랬다. 부치지도 못 할 편지를 수백 통 쓰느니 달려가 당장 나와보라고 소리칠걸 그랬다. 귀가할 때마다 마음 출렁거리는 곳이 있으니 세 정거장 전에 사는 사람하고는 시작도 하지 말걸 그랬다. 사바

나의 구름이나 되어서 남겨진 기린에게 그늘 두어 평 선물할걸 그랬다. 누런 어금니에서 뭉개지는 잡초였어도 그만이겠다.

하늘에서 만든

아무리 기다려도 그 아이는 오지 않는다. 혹시나 하는 불안의 감옥이 역 전체보다 더 넓게 확대되었다가 한 발만 움직여도 찔릴 듯한 가시울타리로 작아진다. 희망은 달콤한 올무가 되어 발을 조이기도 하고 무중력 상태로 떠오르게도 한다. 시간은 행인들보다 더 내게 관심 없이 지나간다. 막차는 젖은 빨래 같은 얼굴들을 내려놓고 가버린다. 역무원들이 셔터를 내린다. 저녁도 거르며 네 시간 반을 기다렸는데 혹시나 어딘가에서 뛰어올 것만 같은 예감 때문에 자리를 뜰 수 없다. 바깥으로 나가야 통금일 테고, 그냥 역 구내에서 기다리기로 한다. 이제 누가 올 수 있단 말인가. 날씨 때문인지 역으로 밀려들어 온 노숙자들이 자리싸움하느라 소란스럽다. 띄엄띄엄 켜진 형광등은 익숙한 일인지 말릴 생각도 없어 보인다. 여전히 출구를 힐끗거리는 내 행동이 미련인지 미련未練인지 구분하고 싶지 않다.

어쩐담. 수업도 한 시간 빼먹고 나왔는데 왜 여태 오지 않을까. 멀어도 벌써 도착했을 시간인데 무슨 일이 생겼을까. 엄마한테 늦는다는 말도 없이 나왔는데 이제 가야 할까. 측백나무 어깨가 무거워 보이지만 조금만 더 참아줬으면, 가로등 아래 저 말간 자리를 아무도 밟지 않았으면 좋겠어. 함께 갈 찻집도 친구들에게 미리 알아놨어. 오늘 같은 날은 창가 자리에 앉기 힘들 텐데 메모지 붙여놓고 거기 가서 기다릴까. 아니야, 약속대로 호수를 한 바퀴 돌아야 해. 가을에 함께 점심 먹었던 잔디밭도 꼭 들르기로 했잖아. 도서관 불만 남고 건물마다 컴컴하게 험상궂은 표정인데 어쩐담. 저기 저 뛰어오는 사람 아닐까. 아니야, 저런 코트는 본 적 없어.

그랬다. 첫눈은 하늘의 일이라서 축복인지 절망인지 받아들이는 마음의 자리 따라 다르고 약속은 사람의 일이니 어긋나기도 하는 것이다. 그가 갈 때까지 무거운 눈을 얹고 기다렸을 측백나무에게 미안하고 아무도 밟지 않았을 가로등 아래 동그마한 자리는 아쉽다. 찻집엔 다른 연인들이 손깍지 끼고 앉았겠지. 호수도 잔디밭도 함박눈에 푹푹 저희들끼리 깊어지는 밤이었을 것이다. 핸드폰이 없던 시절, 집집마다 전화가 있는 것도 아니던 시절의 연인들은 이렇게 어긋난 약속 때문에 자정을 넘겼을 거다. 첫눈을 기다리는 사람은 가슴 어딘가에 발자국 없는 빈터가 들어 있다. 그니에게 웃음과 함께 던져줄 눈뭉치가 여전히 자신의 손에 들려 있는 사람은 첫눈을 기다린다. 사랑하는 동안은 설경의 그윽한 앞모습에 환호하고 이별을 알고 난 이듬해 겨울엔 눈 녹은 뒤의 쓸쓸함과 참혹도 함께 떠올린다. 누군가는 참혹을 먼저 떠올리며 느리게 지나가는 밤의 소리를 혼자 들을 것이다.

과녁에 꽂힌 화살이 몸을 떤다. 급작한 멈춤으로 남은 속도를 어
쩌지 못하는 거다. 끝까지 날아가다 떨어지는 상태와 다르다. 과
녁이란 말에 '명중'을 떠올렸다면 당신은 지금 사랑하는 상태가
아니라 관계를 지속하는 것일 뿐이다. 사랑에 명중이 어디 있는
가. 어디든 과녁에 도달했을 때 거기를 중심으로 동심원을 그리
는 게 사랑의 황홀이고 사랑의 미혹이고, 그래서 사랑 아닌가.

사랑을 잃은 사내가 몸을 떤다. 미처 건네지 못한 마음들이 출렁
이며 세상을 흔드는 것이다. 함께 그렸던 미래가 폭발하고 촘촘
하게 갈무리했던 과거가 무너지는 시간이다. 세상이 흔들리는 지

진이다. 그니와 함께 걸었던 거리를 혼자서 다시 돌아야 하고 앉았던 자리마다에 남아 있는 대화들을 수거해야만 한다. 잃는다는 것은 강제로 비워짐이니 누구나 다급한 갈증을 느끼게 마련이다. 마음이 알고 몸이 먼저 아는 느낌들을 다시는 만끽할 수 없으니 은둔하거나 방황하게 된다. 오래 지속된 관계였다면 각인된 감각들도 많을 테니까 둑 터진 저수지를 채울 방법이 없다. 흔들릴밖에, 바람만 불어도 눈물이 날밖에 도리가 없다. 사랑을 잃고 폐인이 되어 누워 있을 때 어머니께서 누나에게 "얘한테 얼른 여자 하나 소개시켜 줘라, 사람 잊는 데 사람만 한 약이 어디 있다니" 하셨다. 그 말씀에 다음 날로 자리를 털고 일어났지만 여진은 계속되었고 지워지지 않을 상처를 부모님께 남겼다.

떨림은 화살의 전유물이 아니다. 과녁 위의 참혹만도 아니다. 열렬히 날아가 착지하는 화살도 아름답지만 과녁에 자신을 꽂아 넣으며 남아 있는 심장의 박동을 한꺼번에 전신으로 꺼내는 순간이 내겐 매혹이다. 목적지를 향해 날아갔으면 싶다. 누군가를 맹렬히 관통하고 싶다. 따라오던 바람이 날 스치고 나머지 거리를 날아가는 뒷모습을 보고 싶다. 아니, 사실은 부서지고 싶다. 어림도 없는 바위에 전속력으로 날아가 조각나도 그만이다. 흠집 하나야 남기지 않겠는가. 나를 그리 날려줄 시위는 문장밖에 남지 않았을까. 떠오르는 게 문장뿐이니 희망이면서 절망이다. 차라리 활집에 담겨 있을 때가 평화였다. 점점 뭉툭하고 무거워지기만 하는 화살이다, 나는.

불은 천 갈래 만 갈래로 분열하는 송곳니다. 거대한 하나 되어 짓이기는 어금니다. 허리를 물어뜯으면 척추 마디마디가 흔들린다. 느슨한 틈으로 열기가 파고들자 연골이 녹아내린다. 덜컥거리는 소리가 뒷목을 흔든다. 함부로 몸을 돌던 열기가 치솟으면 이명耳鳴이다. 삼만 마리 매미들이 고막을 향해 날아든다. 철 지난 귀뚜라미 무리가 은신하는 동굴이다. 파열음이 후두부를 찌르고 견디다 못한 인후부가 쓰라림으로 뒤채기 시작한다. 음험한 민달팽이들이 기도로 몰려와 움찔거린다. 간질이는 듯, 생살을 갉아 먹는 듯 통증은 쉽사리 뱉어지지 않는다. 맷돌에 휘말려 돌기만 한다. 차라리 부서져 빠져나갔으면 싶은 절망도 통하지 않는다.

빙빙 돌기만 한다.

냉기는 지옥에 갓 입문한 저승사자다. 앞뒤 없고 대책 없다. 발가락 하나하나에 천 톤의 빙하를 올려놓고 빙글거린다. 발바닥을 찌른 얼음송곳이 무릎까지 치고 올라와 십자인대를 압박한다. 경추마다 살얼음을 끼워놓고 누른다. 바삭, 부서질 때까지 압력을 늦추지 않는다. 어깨에 폭포가 생긴다. 함께 투신하자고 쇄골을 잡아당긴다. 늑골에 닿을 때까지 힘을 늦추지 않는다. 횡격막은 탄성을 잃고 부서지기 직전이다. 몸은 균형이 깨져 기울기 시작한다. 무릎으로 들어온 얼음송곳이 합세한다. 지네들이 뒷목부터 일렬로 행군하며 발톱으로 피부를 긁는다. 어디서 나타났는지 순록 떼가 지네들 행렬을 가로지른다. 침대가 한쪽으로 기운다. 떨어지지 않으려 힘을 주면 줄수록 경사가 급해진다. 침대 밑에는 굶주린 북극곰이 앞발을 치켜들고 기다린다.

오늘 밤만큼은 당신도 지옥에 견학 온 관람객이다. 삼백 년 동안 용암 속에 잠겨 있다가 잠시 올라왔을 때 마주친 얼굴이다. 다 벗고 바람 앞에 선 몸에 천천히 찬물이 뿌려지는 광경을 힐끗거리다 돌부리에 넘어진 행인이다. 공감과 실감의 간격은 냉동고 문짝 두께라고 당신이 강변하지만 체감온도는 적도와 북극이다. 미소보다 절실한 하나는 쌍화탕이다. 당신보다 자상한 여인은 찢어지는 어깨를 봉합해줄 신신파스다. 허리를 감싸주는 찜질팩의 열정이 눈물겹다. 구원의 여신이란 날렵한 몸매의 화이투벤 두 알이다.

　　내가 감금당한 여기는

　　당신도 함께할 수 없는 일인용 지옥이다.

때론 내가 관람객이 되기도 하는 회전무대다. 갑자기, 인후부에
서 물컹한 민달팽이들이 몰려나온다. 쿨럭, 쿨럭, 크르륵!!!

다정한 길항 拮抗

구절초는 물을 줄 모르고
뿌리는 서리가 내린다고 일러주지 않는다.

단풍은 단풍인데, 눈앞의 불길인데, 나는 퇴색한 날들의 색을 본
다. 불이면서 뜨겁지 않은 이글거림을 본다. 고온일수록 백색에
가깝다고 했던가. 붉은 겉옷 안으로 노란 심장부를 본다. 그래,
허상이다. 뜨겁다는 걸 내 촉감만을 기준했다.

　　이글거리는 당신의 통증을 짐작하지 못했다.

　　내가 불이라 했을 때 울음이라 대답한 까닭을 이제 안다.

물을 줄 모르는 구절초에게
뿌리는 서리가 머지않았으니 젖은 몸을 비우라 한다.

불은 불인데, 이제는 저 혼자 뜨거울 뿐인데, 소용없는 일인 줄 알면서도 해마다 꺼버리려 했다. 낙동강 상류라도 틀어막아서 퍼부으면 스러질까. 풍구질하는 누군가의 팔을 잡아야 비로소 잦아들까. 낙담한 나를 비웃듯 달궈진 풍경을 강물에 담그고 다시 가열하며 담금질을 멈추지 않는다. 색에 흔들리고 색에 베이고 색 때문에 무릎 접는다.

이미 알아서 구절초는 묻지 않고
뿌리는 아래로 아래로만 캄캄한 걸음을 더한다.

시절은 사람의 일이 아닌 것, 사랑도 사람의 일이 아니라서 울음으로도 불면으로도 풀리지 않는 매듭인 것이다. 열 가지를 저지르고 하나 때문에 한탄하는 마음과 같아서 단풍이 불이고 단풍이 착란이고 만산홍엽滿山紅葉으로 너울거리는 것이다. 사람이란 처음 핀 구절초여서 서리를 모르고 차가운 밤마다 흔들리면서 서리를 예감하기도 하는 것이다. 꽃과 뿌리가 서로를 모르는 척 당겨보는 것이다.

그
겨
울
의
찻
집

느정이가 나인지 내가 느정이인지 서로를 창에 걸고 앉는다. 침잠과 그리움의 압력에 눌려 원유처럼 점성만 더해진 눈물은 휘발성이 없어서, 바람 센 거리를 걸어도 마르지 않아서, 내부의 바닥으로부터 밀어올린 한 방울이어서, 떨구고 난 후에 나는 가랑잎처럼 헐겁게 날아가 버릴 것 같은 아침이다. 한 걸음 뒤로 따라온 밤을 마신다. 설탕처럼 용해되지는 않는 것들이 섞여 넘어가며 인후咽喉를 찌른다. 이른 아침 찻집엔 어제의 언어들이 헝클어진 채 남아 있다. 누군가의 군건한 거짓말과 끝내 닿지 못했던 발신음들과 기다림의 각질들이 분분하다.

사랑이란 못된 버릇을 아무도 다잡아주지 않았다. 심장은 한 번만 쓸 수 있으니 신중해야 한다는 경고가 유행했었다. 상투적이어서 번복이 당연한 줄 알았다. 대량판매용 낭만이라고 호기부렸다. 일회용이란 말은 종이컵에나 해당된다고 쉽게 넘겼다. 겨울은 목적지만 남는 계절인지 사람들은 외투 깃에 고개를 묻고 걷는다. 일터로 향하는 걸음이겠지만 누군가에게로 서둘러 가려는 거라고 읽는다. 아무도 흐린 창 안의 사내에게 시선을 던지지 않는다. 뜨거운 어딘가가 남아 있는 것 같은데 짚을 수 없다. 심장은 관성으로만 뛰고 피는 돌지 않는다.

우린 대각선으로 앉아 있었다. 당신은 창을 보고 나는 그런 당신의 귀밑머리에 간간 시선을 얹었다. 반쯤 남은 찻잔을 내려놓고 나갈 때 나는 당신을 바라보지 못했다. 찻잔만 보다가 당신이 일어선 의자에 남아 있는 우묵함도 보았다. 제자리로 돌아오는 의자 거죽의 속도를 그때는 부러워할 겨를조차 없었다. 웃고 있어도 눈물이 난다는 가사를 수사修辭일 뿐이라고.

　　함께 웃던 시절이 엊그제 같다.
　　그날들 속에서 벙글던 내 미소는 늑골 사이에서
　　부패했거나 손이 닿지 않는 등 뒤로 유배되었을 것이다.

문득, 숨을 몰아쉬는 습관이 생겼다. 몰아서 뱉을 때마다 출렁거리는 검은 호수를 느낀다. 찻집 주인이 익숙한 표정으로 잔을 다시 채워준다. 다행스럽게도 오래된 안경이 부옇게 눈을 가려주었다.

우리들 약속은 몇 만 화소_pixel_일까

당신은 신이 그린 그림이다. 벙그는 꽃이다. 호수의 물결무늬다. 세상의 모든 색채가 담겨 있고 빛의 처음과 끝이 당신에게서 시작한다. 현존 최고 삼천만 화소 카메라를 당신 앞에 세운다. 배경을 지우고 당신만 도두보이게 찍는다. 꽃밭에서도 당신이 먼저 보인다. 안색을 살려주는 노을도 당신이 어떤 볼화장을 할 것인지 미리 알아냈던 것이다. 바람이 머리칼을 흔들며 샴푸 향기를 풀어낸다. 그래, 당신이다.

사랑은 방향이지 장소가 아니란다. 알면서도 우리가 함께 숨어버릴 곳을 찾고만 싶다. 단 둘의 정원에 하늘을 다 들여놓고 별도 달도 우리에게만 눈짓하라고 떼쓰고 싶은 것이다. 수백 계단을 올라와도 숨차지 않고 망연히 앉았어도 지루함을 모른다. 사탕한 개로도 함박웃음이 터진다. 닿을 듯 말 듯 앉았다가 살며시 손도 잡았다가 나란히 서서 저물녘 바다를 본다.

그러나,

　　연인이란 호칭은

　　세상에서 가장 얇은 유리잔의 다른 이름이다.

연인들이 소망을 적어 넣었다. 백일 동안 부처께 기도를 올려준단다. 취업, 승진, 입시, 성공도 간간 보인다. 나는 이제 가슴의 온도가 내려갔는지 색색의 소망들을 보며 빙그레 웃기만 했다. 사랑이 영원하게 해달라고 기도하기보다는 사랑을 잃었을 때도 상대를 미워하지 않게 해달라고 빌고 싶다. 사랑의 후면後面이 더 안타까운 것이다. 혼자 남았을 때도 온전히 나의 내부만을 바라볼 수 있었으면 싶은 것이다. 사랑을 잃고 원망하던 때를 생각해보면 손잡이까지 날이 선 칼을 움켜쥔 것과 같았다. 그땐 몰랐다.

그대는 사랑이라 하지만

하늘에서 보랏빛 사파이어가 쏟아집니다. 방울새가 라일락꽃에 앉았다 날아가는 거랍니다. 입술처럼 고운 바람이 나풀거리며 언덕을 맴돕니다. 마음씨 고운 장미가 나눠 준 붉은 색이죠. 호두나무에 호두보다 더 큰 음표들이 탱글탱글 흔들립니다. 어제 저녁에 목동이 노래 부르며 그 아래로 지나갔거든요.

새와 꽃이 사랑해서 노래를 낳고, 바람과 구름이 서로를 포옹하며 노을이 번지고, 사슴과 호수가 결혼해서 안개가 태어났다지요. 여기는 탱자나무 가시조차도 푹신한 나라, 어여쁜 공주가 사는 동산이랍니다. 주머니엔 꽃씨를, 가방에는 새들을, 등에는 강물을 이고 다니는 왕자가 공주에게 반했다지요. 가지고 다니던 것들을 동산에 내려놓아 더욱 아름답게 가꿨다지요. 공주도 왕자의 성실함에 반했다지요. 보름달도 두 사람의 궁전 근처에서는 구름으로 살짝 가리고 얼른 지나갔대요.

두 사람이 냇물에 노래를 들려주면 물고기들 통통 살이 올랐답니다. 새싹을 밀어 올리느라 힘겨운 파초를 보면 호오 입김을 불어 주었답니다. 파릇하게 금세 올라왔다지요. 간지럼 태우면 깔깔 거리며 딱 두 개를 떨어뜨려 주는 사과나무 덕분에 궁전에서 멀리 나왔어도 걱정 없었대요. 그런데, 그런데 말이에요. 왕자는 점점 불안했대요. 혹시라도 누가 또 올까 밤이면 날카로운 초승달을 내걸고 사방에 밤송이를 뿌려두곤 했대요. 숲 속 곰들에게 부탁해서 성벽도 쌓았대요. 공주는 점점 답답해졌답니다. 밀밭 언덕을 미끄러지듯 달릴 수도 없고 별빛으로 엮어 만든 그네는 아주 멀리 있었답니다. 성벽 바깥으로 한참을 가야 얼굴이 하얘지는 샘물을 마실 수 있었으니 나날이 창백해지고 말았답니다. 거기까지 길을 안내하던 토끼들은 성벽을 넘어올 수 없었대요. 큰 귀로 공주의 한숨 소리를 들을 때마다 눈이 빨개지도록 울었대요. 바깥으로 날아간 방울새는 좀처럼 돌아오지 않았어요.

공주는 높다란 성벽 바깥으로 나갈 수 없었어요. 좁은 동산에서 왕자의 노래만 들어야 했죠. 왕자는 몰랐던 거예요. 강물은 더 이상 호수로 놀러오지 않았어요. 새 소식이 궁금해진 수선화도 목이 길어지기만 했을 뿐 꽃을 피우지 않았대요. 키가 커서 바깥이 보이는 해바라기는 얼굴이 까매지도록 아무 말 하지 않았어요. 느티나무 같았던 목동도 성벽에 공주는 바보라고 낙서하고 가버렸대요.

  성벽을 쌓는 건 아무도 들어오지 말라는 뜻이고
  어딘가에 자기만 드나드는 문을 내겠다는 거잖아요.
  문은 성벽과 친척이거든요.
  자주 열어주지 않으면 성벽으로 돌아가고 말거든요.
왕자는 그걸 몰랐던 거예요. 공주는 노을이 핏빛이라는 생각을 하곤 했어요. 자꾸만 맨드라미가 징그럽게 느껴졌어요. 가슴속에 담을 쌓고 문은 있었지만 왕자가 들어오지 못하게 했어요. 왕자는 자기가 쌓은 성벽에 갇히고, 공주는 마음의 문을 굳게 잠가버렸죠. 그러던 어느 날 공주는 민들레 씨앗을 타고 날아가 버렸어요. 봄날만 계속되던 성에는 먼먼 나라의 낙엽들이 가득 찼대요. 이따금씩 예전의 바람이 지나며 낙엽을 들춰봤더니 공주의 눈물만 있더래요. 공주는 없고 왕자 혼자 오래오래 울곤 하더래요.

누군가에게 외롭다고 말했을 때 돌아오는 대답이란 보통 두 가지로 구분된다. 친한 사이라면 지금 어디냐고, 무슨 일 있느냐고 물으며 술을 마시자고 할 것이다. 사회적 관계망의 타인에게는 외롭다는 말을 쉽게 하지 않겠지만 그리한다면 모임 같은 걸 만들라거나 취미를 가지라는 답변을 들을 것이다. 술을 마시면 외로움이 덜어지나? 모임에 나가고 취미에 빠지면 덜 외로운가? 일시적 완화는 가능하더라도 치료가 되지는 않을 일이다.

외롭다는 건 누군가가 위로해주길 바라는 마음이다. 허나 이런 심리상태의 바닥에는 상대에게 무언가 털어놓고 싶다는 절박함과 함께 단지 말하고 싶다는 욕망도 있다. 또한 욕망은 칭찬이나 갈채라는 보상을 전제로 하는 허기라고 봐야 한다.

외롭다면 상대의 말을 들을 줄 알아야 한다. 들어주는 습관 먼저 마련한 다음에야 비로소 내 외로움도 해소할 수 있다. 자신을 전달할 수단이 많이 않았던 시절에는 기껏 친한 친구에게 편지를 쓰는 방식뿐이었다. 현시대는 다르다. 인터넷이 있어서 무한한 자기표현을 실현할 수 있고 불특정 다수에게 무작위로 전달할 수도 있다. 그렇다면 현재 우리들은 외롭지 않은가. 실상은 더 극심한 외로움에 시달리곤 한다. 듣는 연습이 부족한 까닭이다. 상대에게 청자聽子로서의 신뢰를 얻지 못하면 그는 내 말을 들어주지 않는다. 듣더라도 내가 원하는, 내 갈급을 풀어줄 답을 내지 않는다. 조금 주고 많이 받고 싶은 욕망을 탓하지 않겠다. 다만 그건 부모자식 간에나 일부 가능한 함수관계라고 독백하겠다.

말하는 만큼의 바닷물을 마시고 있다. 갈증이 심해지기만 하는 그걸 나도 당신도 지속하고 있다. 그러다가 낙담하겠지. 여긴 나와 맞지 않는 곳이라고 돌아서겠지. 태양이 중천에 오르고 햇빛이 뜨거워질수록 그림자는 작아지는 게 자연의 섭리다. 외로움은 더 심해지는데 그나마 피할 수 있는 곳을 없애버려서야 되겠는가. 외롭거든 침묵하고 외롭거든 들어야 한다.

말을 줄여야겠다. 하찮은 욕망을 외로움이라고 거짓포장 하지 말아야겠다. 욕망이란 밀물과 썰물처럼 무수기가 있지만 외로움은 처음부터 내부에 고인 갈증이다. 퍼낼 수도, 둑을 파괴할 수도 없는 어떤 것이다. 짐작은 하면서도 혹시나 하며 고통 받는 욕망이다.

연
인

물수제비 떠주세요. 저 건너까지 퐁퐁 날아가는 물수제비 떠주세
요. 조약돌의 크기와 속도 중 어떤 게 중요할까요? 당신은 아나
요? 꽃은 꺾지 말아요. 당신 그림자 안에 들어가는 만큼만 기억에
담아둘래요. 강이 우리를 어디까지 데려갈 수 있나요? 가만 바라
보면 우리만 강을 거슬러 오르는 것 같아요. 나무다리를 건너면
다시는 젖은 땅이 나오지 않을까요? 함께 우산을 쓰면 젖어도 좋
았는데 무서운 다리를 앞뒤로 건너서도 발을 적셔야 한다면 싫어
요. 내게 등을 보여줘요. 미리미리 봐두면 마지막 보게 되더라도
힘들지 않을 거예요. 말없이 바라볼 땐 손을 잡아줘요. 나만 바라
보는데 나는 왜 흔들리는지 모르겠어요.

크기와 속도란 당신과 나의 방정식일 거야. 힘껏 던질게. 건너가지 못하더라도 내 어깨를 기억해줘. 꽃을 꺾었어. 꽃 따위에게 당신을 비교할 수 없겠지. 강이 우리를 위해 마련해둔 것은 없어. 우리가 저 흐름을 잊지 않는 거겠지. 세상의 다리를 다 건넜다 해도 마른 땅만 기다리는 건 아니래. 내가 한 거짓말들이 당신에겐 별이 된다는 걸 알았어. 전부를 믿지는 말아. 빛나긴 해도 밤길을 밝혀주진 않는 것들이야. 좀 전에 보았던 계수나무 이파리들처럼 손 닿을 곳에 등불을 달아놓을게. 허약한 내 등을 보게 하진 않을 거야. 나 역시 내 그림자 안에 다 담겨버리는 당신 등을 볼 수 없어. 거기에 담아 보내기엔 너무 많은 걸 나눴잖아. 흔들리지 마. 우린 멀리 가는 배에 타고 있을 뿐이야.

비_非문_文의 계절

'외롭다'는 말은 형용사로 분류됩니다. 홀로 되거나 의지할 곳 없어 쓸쓸하다는 뜻으로 사전에 풀이되어 있네요. 풀이말의 쓸쓸하다는 어휘도 같은 의미로 읽히겠지요. 가을은 색채의 계절입니다. 달포 가까이 임을 기다렸는데 끝내는 저 혼자 터져버린 선혈처럼 단풍은 정열과 막막함의 두 얼굴을 가졌습니다. 헛헛한 마음에 그대로 널어놓은 개짐인 양 산은 종으로 횡으로 어쩔하게 붉어집니다. 누구나 사람을, 소식을 기다린 적 있을 테지만 가을은 기다리면 더디 오고 모른 척 외면할수록 급작스레 당도합니다. 문득 붉은 등을 켠 감나무에 시선이 닿는 순간, 손대면 베일 듯 날카로운 젊음을 과시하던 칸나 이파리가 시르죽는 모습, 한

낮인데도 재킷을 벗지 않는 자신을 발견하는 날이 가을의 시작입니다. 거리마다 형용사들이 바람에 휩쓸립니다. 일상에 접질리느라 펼쳐보지 않던 자신의 마음사전에도 형용사들의 갈피가 열려 있음을 알게 됩니다.

어느 시인이 "외롭하다"고 말했습니다. 그이도 나와 같이 동사형을 생각했을 겁니다. 그러니 외롭다는 형용사를 '외롭하다'라는 동사로 바꿔도 허물없을 계절입니다. 스며드는 것들을 망연히 바라보지 말고 뛰어들어 스스로 겪어도 되는, 겪어야 하는 동사의 계절입니다. 환승역으로 사람들이 모여듭니다. 새로 갈아 탈 기차는 화물칸이 없고 비좁기 때문에 짐을 줄여야겠습니다. 예전처럼 밀착해서 앉거나 어깨를 좁히며 서로의 숨을 섞어야 할 겁니다. 우리가 반복하던 방식이고 설원에 도착하기 전에 몇몇은 손잡고 내리겠지요. 종착역 없는 순환선이지만 오래도록 혼자 앉아 있는 사람들도 여전히 곳곳에 남을 겁니다. 비문非文의 계절이니 어긋났던 일이나 인연들도 덮기로 합니다. 말도 되지 않는 일들에 마음이 기울어도 내 자신을 질책하지 않으렵니다. 돌이켜 생각하면 쪽매가 맞기보다는 버름하고 중심이 기우뚱한 일상이 대부분이었습니다. 조금씩 틀려도 그만인 때가 되어서야 비로소 제자리에 온 것처럼 편안합니다. 나도 당신도 서로 괜찮다고 웃어줄 수 있는 가을입니다. 비문을 읽어도 온전한 뜻을 알 수 있겠습니다.

몽유의 행로
夢遺

여기서는 한 번쯤 넘어져도 괜찮을 거 같다. 초면에게 빙그레 웃어버려도 미소가 되돌아올 것만 같다. 해는 만류할 틈도 없이 넘어가고 달도 분칠粉漆이 끝나지 않아 텅 빈, 주인공 없는 하늘에 구름만 붉은 안색으로 강을 본다. 수심水深은 건너려는 자에게만 송곳니를 드러내는 법이려니 전망대에서 내려다보는 강은 검은 우단羽緞이다. 저리 큰 옷을 지어서 누굴 입히려는지 보트 두 대가 마름질에 열심이다. 일찍 온 물새들이 솔기를 엮는다.

슬픔과 헛헛함의 혐의를 바람에게 씌우지 말자.
촉매일 뿐이다.

부르튼 입술에 소금기가 닿는 것처럼 가만두어도
쓰린 부위를 가진 까닭이다.

누구에게나 들렀다 가는 바람이다. 시틋한 오후도 저 혼자 바장
이다가 잡풀 사이로 가라앉고 억새는 바람을 참빗 삼아 머리를
빗는다. 다 털리고 무서리에 꺾일 것을 예감하면서도 나날이 새
롭게 단장하는 것이다. 이별을 약속한 날도 매무새를 다듬고 나
왔다던 여자를 생각했다. 제일 아낀다는 손수건을 적시고 갔다.

모두가 몽유夢遊의 갈래들이다. 현실은 바람 찬 공원인데도 순서
없이 아마득한 과거를 헤매곤 한다. 도래하기 희박한 일들을 데
려다 번민한다. 연인들만 현재를 기록하느라 열심이다. 젊은 여
인의 뇌리는 유모차보다 한참이나 앞서 달린다. 등산복 차림의
중늙은이들 눈빛은 자신의 보행속도보다 늦다. 난지도 노을공원
억새밭엔 몽유를 위한 행로들이 그려져 있다. 난간 삼아 둘러진
밧줄은 내겐 필요 없는 물건이다. 이미 그 너머로 부유하다가 침
잠하고 억새와 함께 고개 숙였으니까.

갈망의 상징이라면 손이 우선이다. 겨드랑이라는 각각의 이력을
가졌으면서도 맞댈 수 있다. 한사코 결혼을 반대하는 부모인 양
밀어대는 쇄골의 완고함도 소용없는 일이다. 의로운 오른손이 아
니라도 당신을 잡아줄 수 있고 때론 그 의로운 오른손보다 절실
할 것이다. 손을 잡는다는 것은 체온을 섞는 일, 당신의 지문 안
으로 휘말려 현기증을 자청하는 일이다. 손은 나눔의 언어이고
공존의 영역에 둘만 들어가고 채우는 자물쇠다.

발바닥은 손과 달리 지면과 마주하는 인고의 상징이다. 고된 훈련
을 거친 발레리나가 아니라면 골반이라는 하나의 본적지를 공유

한 발바닥이라도 자연스레 마주할 수 없다. 발은 배척의 언어인가. 팔을 그리하는 것처럼 발을 뻗어도 발등을 겹치는 자세가 편하다. 동일한 장소를 지나왔으나 치욕을 디딜 때가 많았으므로 서로가 감춰주는 것이다. 서로가 보여주지 않을 때 우린 외려 더 무거워지기도 한다.

　　이 가을엔 당신에게 내 젖은 발을 보이고 싶다.
나란히 앉기보다는 연인처럼 등을 맞대고 당신은 달이 올라오는 동쪽을, 나는 노을이 부서지는 서쪽을 오래도록 지키련다. 달이 중천에 들면 당신도 나도 캄캄한 하늘만 가진 셈이어서 비로소 등을 돌려 포옹할 수 있겠다. 기꺼이 함께 하는 손도, 같은 마음이려니 등을 돌리는 발도 아닌 전신으로 어느 공원의 밤을 건너가련다. 서로가 맨발로 돌아오련다.

착각의 뒷모습

몇 번의 연애를 했다. 때론 견뎠다고 말한다. 첫사랑은 돌아왔으나 다시 떠났다. 군대 삼 년을 면회 와주었던 사랑도 제대와 함께 가버렸다. 잠시 서로의 그늘이 되어주던 후배가 있었지만 사막에서 자랄 수 있는 나무가 아니었다. 결국 사랑은 내 이십 대를 점령하고 잠시 비옥했으나 오래도록 재건되지 않은 폐허를 남겼다. 꽃인 줄 알고 달려가 보면 느정이었다. 떠난 자리마다 진공상태의 허방이 생겼다. 그곳을 디디는 날이면 전신의 피가 빨려 나가는 것 같았다. 사랑에 대한 담론들을 믿지 않게 되었다. 내가 주고 싶은 것과 상대가 받고 싶은 것이 다를 수 있음을 알지 못했다. 나는 사랑에 다만, 열심이었다.

빈자리를 채우려 애썼다. 지금까지 포옹하고 있는 나와 그녀의 부조浮彫를 부숴버리려 했다. 어느 자리를 들어가 보아도 독毒이 담긴 잔은 하나만 비워져 있었다. 이별은 남은 자가 지워가는 게 아니라 흔적들이 자신의 연대기대로 스러지는 거였다. 조급증은 아무런 보상도 내게 주지 않았다. 이별을 응시하며 살았다. 살이 물러지고 부패하는 과정을 지켜보았다. 바람 심한 날이면 뼈만 남아 헤매는 나를 만나기도 했었다. 모두가 그림이 되었다. 끝없이 펼쳐지는 두루마리로 기억의 수장고 어느 선반에 남아 있다. 매캐한 먼지 냄새를 풍기기도 한다. 나는 다만, 이별이 내게 보여주는 풍경들을 필사筆寫하느라 허둥대기만 했다. 오래 견디다가 끝내는 독배를 마신 주인공은 내가 아니었다. 전부를 내가 마신 줄만 알았다.

네일 판타지아
Nail

가령, 거문고라면 이렇게 시작된다. 현의 장력이 지나치면 음계
는 심장 위 늑골을 넘어갈 것이다. 늘어졌다면 무릎이나 스치고
지나갔을 일이다. 적절한 장력이 아쉽다. 잘 마른 오동나무와 견
고한 밤나무 울림통이 맥놀이를 받아내야 한다. 소리란 영영 이
별인 양 샛바람으로 휘감다가도 앞서 가던 당신의 저고리 고름처
럼 팔랑팔랑 내 목덜미를 간질일 수 있어야 하는 거다. 장지문 열
고 내다보는 별당아씨 안색으로, 늦여름 뭉게구름을 후광 삼아
피어나는 부용芙蓉으로 보름달만큼이나 환해야 한다. 듣는 이 누
구라도 마음이 젖어야 한다는 거다. 물어뜯기는데도 통증이 없고
짓눌리는 기분인데도 답답하지 않고 까마득한 곳으로 날려 가는

순간인데도 두렵지 않을 만큼 음계는 신기에 가까워야 한다. 소리는 그래야 하고, 그러기 위해서는 장력이 중요하다. 모두가 갖춰졌다면 마지막 하나는 술대다. 탄주자의 심사대로 현을 타는 술대가 있어야 한다.

다시, 현이라는 메커니즘은 동일하지만 기타라면 이렇게 말하겠다. 가락악기인 거문고와 달리 기타는 화음도 가능하다. 제6현과 제1현을 동시에 울릴 수 있다는 거다. 비망록의 앞쪽에 기록되었던 장면들과 현재의 상황이 기시감旣視感의 악보 위에서 협주하는 거다. 소리는 데이트하는 날 아침의 알람처럼 반갑기도 하고, 지각을 앞두고 달리는 계단에서 듣는 열차 알람처럼 안도감을 주어야 한다. 옷을 다 벗을 겨를도 없이 침대로 쓰러진 두 사람의 결정적 순간에 울리는 전화벨처럼 악질배역일 때도 있다. 소금쟁이의 발걸음보다 가볍게 애욕의 수면을 지나가고 간지러운 파문이 전신의 말초를 건드릴 수 있어야 한다. 헤드폰 나눠 끼고 듣는 발라드보다 당도가 높아야 한다. 스파이더맨의 거미줄보다 강력하게 둘을 묶을 수 있어야 한다. 투명한데도 끊을 수 없고 지우려 해도 문득 흥얼거리게 되는 음률이어야 한다.

그러니 당신 눈빛은 현묘한 술대요, 나는 늘어진 거문고다. 술대를 손톱처럼 사용하는 예인이다. 당신 앞에서는 어느새 당겨진 나였으니 어쩔 방도가 없는 것이다. 피크pick도 사용하지 않고 나를 짚어낸다. 신경 하나하나를 고른다. 아르페지오 주법인 거다.

마주치는 순간 명주실 타래만큼이나 숱한 내 신경들이 거문고 줄처럼 꼬이고 당황하는데도 당신은 한 가닥씩 정확하게 튕긴다. 각기 다른 음계를 주인인 내게 들려주는 것이다.

　　빨간 매니큐어를 바른 손톱은 흰 손가락 끝에 핀 장미다.
　　장난기 많은 에로스가
　　내 심장의 피를 꺼내 찍어놓은 방점이다.
　　차마 붉은 입술을 정면으로 바라볼 수 없음을 아는
　　당신이 마련해준 핑계다.

끝장날 때까지 나는 늘어진 거문고요, 싸구려 기타겠지만 현이 끊어지면 빨간 손톱은 돌연 비수가 될 것이다. 비수가 되더라. 지금껏 함께 듣던 소리들보다 날카롭게 심장을 관통해버리는 비수 말이다. 절명絶命의 비수.

포옹

펄쩍 뛰는 뒷다리의 탄력을 잡아넣었으니 노루 장藥이다. 대밭으로 쏜살같이 달아난다. 과연 달아남인가. 어서 오라는 신호고, 더는 멀리 가지 않겠다는 암시다. 개구리가 펄쩍 뛰었다고 해서 아예 떠난다는 뜻이 아닌 것과 같다. 마음은 이렇게 자신도 알아챌 수 없는 방향으로 달리고 숨는다. 찾아내길 기다리는 행위다. 남자가 그래서야 쓰겠냐고 힐난할 일 아니다. 남자도 이럴 수 있다. 남자도 펑펑 울고 싶을 때가 있듯 웅크려 기다리기도 한다. 지쳤다는 말인가. 잡힐 듯 미소의 한 가닥도 잡히지 않던 그니와 포옹한 후에 찾아오는 심리인가. 어디에 숨더라도 가슴은 쿵쿵, 울릴 것이다. 물리적 거리가 아무리 멀더라도 쿵쿵, 상대에게 들릴 것이다.

하르르, 웃으며 내미는 앞발의 정겨움이려니 개 구狗다. 자신에게
전해지는 애정의 파장을 귀신같이 감지한다. 두어 걸음 떨어져 외
면하는 몸짓은 한달음에 안아달라는 거다. 어설프게 돌아서면 뒤
꿈치를 물어버리겠다는 결기다. 고양이처럼 도도할 줄 알지만 여
린 심성 때문에 그러지 않는 것뿐이다. 고양이보다 이기적이기도
하지만 애틋함이 먼저 울렁거리는 까닭이다. 체온은 물처럼 낮은
곳으로 흐르는 법이려니 기대려는 자체가 나눠주겠다는 마음이
다. 노루가 남자였다고 개가 여자라는 이분법은 아니다. 노루와
개는 어느 쪽이라도 여자일 수 있고 남은 하나 역시 여자일 수 있
다. 남자보다는 여성성이 사랑의 길항拮抗과 어울린다는 거다.

채편은 노루 장이고 북편은 개 구였으니 장구獐狗라 한다. 포옹하
는 남녀의 모습이다. 심장이 쿵쿵, 서로의 맥놀이에 편승하고 확
장한다. 장구 두 편의 울림판 크기가 살짝 다르듯 포옹한 남녀의
심장은 엇갈린다. 정면이 아니라서 애틋하고 정면이 아니라서 때
론 외면할 수 있는 거다. 새치름하니 도통 말이 없었더라도 사랑
이 시작된 후에 여자는 대화가 많아진다. 그러나 사랑임을 확신한
후에 남자는 말수가 줄어든다. 수렵본능을 접고 쉬겠다는 거다.
하나는 비로소 수다가 시작되었고 하나는 이제 말을 접으려 하니
불균형은 의혹의 불씨가 된다. 후회가 밀물처럼 베갯머리를 적신
다. 그러나 사랑하는 동안은 하나의 장구와 같아서 자신은 가만있

어도 저편의 소리에 공명하게 되는 거다. 울림통은 서로의 시간이요, 둘만의 공간이다. 사랑한다면 포옹하라. 눈 감고 그니의 심장 박동을 받아들이란 말이다. 남자인 당신이 채로 칠 때 여자는 손으로 두드려 화답하는 것이니 그 마음을 가벼이 여기면 후회한다. 미안하지만 사랑이라는 왕국에 자명고自鳴鼓는 없다. 포옹하라. 포옹은 두드림이다.

대비할 수 있었다면 참혹이 아닌 거다. 참혹이란 불현듯 느껴지는 복부의 칼이고, 잘려 나간 자신의 팔을 바라보는 악몽이다. 서서히 경련이 멈추면서 마네킹의 것처럼 낯설어지는 시선이다. 감각을 빼앗고 논리를 흩트리고 눈을 멀게 만든다. 전신의 통점마다 꾸물거리는 뱀이다. 인후 너머에서 혀를 당겨대는 무엇이다. 피 대신 고추냉이 생즙이 흐르는 것 같은 심장의 화끈거림이다. 둑이 터지는 듯 쓰라림이 폭발하며 폐부로 번지는 순간이다. 오랜 궁리로 마련해둔 자리도 아니고, 예감의 결과로 생긴 무늬들도 아닌 거다. 이별의 예감은 아무리 예리하더라도 만남 이후의 일이다. 스치는 감정이 퇴적되며 윤곽을 드러낼 때에야 알게 된다. 알면 이미 늦었다는 뜻이다. 해마다 반복되는 이별의 방식에 대해 진화를 거듭한 나무들은 경계를 미리 준비한다. 이파리가 떨어질 자리를 금 그어놓는 거다. 그렇다면 나무는 이파리들을 사랑하지 않았다는 말일까. 이별을 준비하고 시작된 만남에서도 우리는 행복할 수 있는 것일까.

당신이 일어선 자리에 하나의 무늬가 남았었다. 내게는 이미 새겨져 있던 일인용 지도였는지, 떠나간 후에 생성된 무늬들인지 손가락으로 되짚어봐도 소용없는 일이었다. 이파리들 사이로 부서져 들어오는 햇살과 산들바람의 합창을 기억한다. 그러나 떨어질 이파리들이었으니 절정의 행복을 받아 쥐는 순간이 가장 완벽한 거짓이었던 거다. 떨어져 나간 자리, 엽흔葉痕*을 보며 비로소 알게 되는 사랑의 이면이다.

내부에 숨어 있던 무늬들을 해독하며 우는 사람들이 있다. 눈물은 자신의 심장을 녹일 뿐이다. 새로 생긴 무늬에 당황하는 사람들이 있다. 끝까지 자신을 속일 수 없음을 인정하게 될 것이다. 그런 감정의 격류 속에서 나는 고흐의 귀가 붙어 있던 자리를 떠올린다. 예감도 준비도 궁리도 아닌 광기로 그어버린 경계에 내재되었던 문장을 해독해보고 싶은 것이다. 귀가 붙어 있던 그 자리를 엽흔이라 명명하고 싶은 것이다. 당신과의 이별은 먼먼 행성에서의 일이었다. 참혹 또한 오랜 동거인일 뿐이다.

태양의 독백

나는 저녁마다 붉게 스러지는 갱년기여서 성욕을 축소수술 해버렸다. 배롱나무 미끈한 허리를 봐도 피가 몰리는 곳이 없다. 그녀의 붉은 농염과 종일 마주하면서도 마른 침 한 번 삼키지 않는다. 반면 구름은 양성애자다. 지상에서는 그의 등만 보이는 까닭이다. 마초의 상징인 내게 허연 배를 드러낸 채 몸을 뒤채곤 한다. 그러면서 아닌 척 멀찍이 떨어져 있다가 일순 배롱나무 그녀에게 달려들어 전신을 애무한다. 촉촉이 적셔놓곤 한다.

능소화가 제 성질을 이기지 못하고 뛰어내려도
난 모른다.

후끈하게 달궈놓기는 했지만

누가 안고 싶다고 했나 말이다.

해바라기도 눈치 없기는 마찬가지다. 어쩌다 눈 마주친 건데 종일 고개 들고 부담 주는가.

나는 하 많은 풍경들을 봐왔던 까닭에 안구를 적출하고 촉감만 남겼다. 더는 보고 싶은 꽃도 없고, 풍광도 침식도 수십억 년 나의 소관이었으니 눈으로 확인할 것 없다. 저희들 스스로 몸을 깎고 강은 제 알아서 낮은 곳을 탐낸다. 연인들의 눈빛도 마뜩찮다. 단풍보다 붉지만 뜨겁지 않고, 함박눈처럼 그윽하지만 허망하게 스러진다. 눈물로 적셔둔 슬픔만 오래도록 변하지 않을 뿐이다. 졸고 있는 고양이의 목덜미 감촉이 최고품질이다. 참새가 분수대에서 몸을 씻을 때 튕겨 나오는 물방울이 상쾌하다. 미안하지만 꼬맹이들이 놓쳐버린 풍선이 내 뺨을 건드릴 때마다 빙그레 웃곤 한다. 부럽다면 나를 정면으로 바라보라. 몸이 천 냥이면 눈이 구백 냥이란 속담은 눈을 버리면 세상의 구 할을 얻는다는 뜻이다.

더는 궁금할 것도 없는 인간의 대지라서 나는 호기심마저 절제수술 해버리고 말았다. 잔디밭의 감촉을 느끼며 산책이나 한다. 내가 키우는 것들의 초록이 짙어짐이 대견할 뿐이다. 내가 엿들을까 목백합 그늘에 앉은 여인들아, 그대들 대화가 궁금하지 않다. 정담, 밀담 혹은 험담일 것이니 점심 후 커피와 비슷한 기능이겠다. 희미해진 사랑을 재생하고 있는가. 내려앉은 가슴만큼이나 서늘한 삶의 온도를 나누고 있는가. 자잘하지만 자잘해서 버릴 수도 없었던 기억의 먼지들을 털어내는 중인가. 잘못 사용해 망가져 버린 남자를 수리하는 방법에 대해 정보를 나누는가. 들키지 않으려 슬그머니 그늘을 좁히고 다가가는 중이다. 당신들은 어디를 수술했는지 궁금하다. 아무래도 나는 호기심 절제수술에 실패한 것 같다.

그믐을 달도 없는 밤이라는 당신에겐 대낮의 별도 보이지 않겠지요. 검은 커튼 뒤로 지나가며 무대 쪽으로 고개 돌려보는 배우처럼 달은 당신을 여전 바라보고 있을 건데요, 당신은 혜성을 스치는 존재라고 가벼이 여기겠지요. 당신의 셈법으로는 가늠할 수 없는 타원을 그리며 돌고 있음을 자주 잊고 가끔은 귀동냥하겠지요. 점멸이라도 해야 저기다 하고, 눈에 보여야 내 것이라 한다면 빛이 만물의 소유권을 가지게 되겠지요. 일광의 해일 속에서는 눈에 뵈는 산도, 사진 속 바다도, 이곳 길 건너의 저수지도 모두 태양의 것이 되는 겁니다. 보름이 며칠 전인데 벌써 반이나 이우는 달이 올라옵니다. 달은 밤에 존재하는 것들의 반을 버렸다는 말일까요. 며칠 더 지나면 다 버리고 캄캄 저 혼자 빈손이 될까요. 당기지도 밀치지도 않고 서로 물끄러미 존재하는 것들의 시간이 겠지요.

작은 등불을 달고 그 아래마다 천수국 한 포기씩 심은 사람을 생각합니다. 미리 알고야 그랬겠습니까만, 주황색을 보면 등불의 주인은 왠지 작열하는 일광보다는 반달을 사랑한 것 같습니다. 저수지 밤바람에 눅진한 얼굴을 씻으며 또 하룻밤을 건너가려는 저 반달 말입니다. 시선을 모두 천수국에게 주었더니 자동차들이 파도소리로 지나갑니다. 제 항로를 따라 도는 해류처럼 도로를 따라 가는 출렁임이기도 하겠지요. 가끔은 나처럼 물마루에서 멀미도 하는 그들이겠지요. 아침이면 이 별의 반대편을 또 저런 얼굴로 건너갈 반달을 다시 봅니다. 한사코 천수국만 비추려는 등불을 봅니다. 말간 얼굴로 눈부쳐하는 천수국의 마음을 생각합니다. 흔한 밥집에서 다를 것 없는 저녁을 먹고 나와서는 화단에 오래 머물러 있었습니다. 입가심으로 한 입 베어 물은 열무가 덜 익은 탓인지 풋내와 비린내가 남았습니다.

슬픔은 식물성이다. 나무에 칼을 그었을 때처럼 상처는 순식간이
고 치유는 오랜 시간 느리게 지속된다. 이별이란 당장 이 순간 이
후로는 다정한 얼굴을 볼 수 없다는 격리처분이다. 황망으로 밤
을 보내겠지만 그리움보다 절망이 더 급작한 까닭에 실감할 겨를
이 없는 것이다. 그리움은 다음 날부터 곳곳에서 불쑥 고개를 내
밀며 손을 물어뜯고 가슴을 할퀸다. 국밥 한 그릇 때우는 식당에
서 누군가가 다대기 달라는 소리를 했을 때 얼큰한 국물을 좋아
했던 그 사람이 앞에 앉은 듯한 착각으로 고개를 떨군다. 호떡 들
고 까르르 웃으며 앞서 가는 여자의 샴푸 향기에서 내 여자의 살
냄새를 느낀다. 다시는 현실일 수 없음에 절망한다. 나란한 두 개

의 칫솔을 봐야 하는 아침이, 그녀처럼 칫솔을 들어보는 아침이,
거울 속에 홀로 선 사내의 아침이 참담한 것이다.

그리움은 동물성이다. 매복한 상태로 숨소리도 없다가 목덜미를
향해 솟아오르는 맹수다. 숨이 끊어지지 않아 버둥거리는 몸을
산 채로 뜯어 먹는다. 쏟아진 내장을 내 손으로 주워 담게 만든
다. 어느새 전신을 감고 서서히 죄며 늑골이 으스러질 때까지 풀
지 않는 비단구렁이다. 비명도 친친 감겨 울대를 벗어나지 못한
다. 허벅지를 천천히 올라오는 독거미다. 움직이는 순간 목숨은
끝장이다. 차라리 죽이라고 발버둥 치면 노을보다 빨리 가라앉는
독성이다. 본인에겐 후유증이고 타인에겐 무력감으로 보인다.
자신을 본능에 붙들린 짐승으로 돌변하게도 한다. 영영 잡히지
않는 가젤 영양을 허벅지 근육이 찢어질 정도로 쫓기만 한다. 수
면 아래의 악어를 직감하면서도 호수를 찾게 된다. 결국 한 모금
도 마시지 못할 거면서 맴돌기만 하는 비비 원숭이다.

내 방에는 내게 드러나지 않는 존재가 살고 있다. 무례한 동거인
이다. 저항할 수 없는 침입자다. 어둠과 한 족속이다. 연체동물처
럼 유연한 몸짓으로 내 방을 활보한다. 불면에 시달리는 내 머리
맡에 앉아 물끄러미 나를 내려 보기도 한다. 하룻밤에 몇 번이나
서로가 눈을 마주쳤을까. 진저리치며 돌아눕던 순간마다였을 것
이다. 장미 한 송이 사 들고 간다. 어여쁜 포장은 내게 어울리지 않
는다. 시들겠지. 그걸 알고 화병에 꽂는 거다. 그래서 장미는 사랑

보다 안전하고 사랑보다 서글프고 사랑을 대신하지 못한다. 잠시 어둠을 밀어내 주길 기대할 뿐이다. 캄캄하면 슬프고 환하면 그리움에 절망하는 내가 갈 망명지는 어차피 없다는 걸 알았다. 그래서 그래도, 나는 장미 한 송이를 샀다.

따르릉 따르릉, 깜빡 깜빡, 띵똥

그녀가 달린다. 신도시는 바람도 새것이라 날카로운데 안장 밑으로 스커트 말아 넣고 씽씽 달린다. 흙먼지가 달려들었다가 얼굴 어디 한곳 엉겨 붙을 자리 없어 비껴간다. 아파트 사이로 햇살도 찡긋 숫기 없는 눈짓만 한다. 눈부신 그녀가 달린다. 바큇살에 휘감긴 햇살이 잘게 부서지며 까르르, 거리의 벚꽃으로 피어난다.

팔랑거리는 스커트 자락에서 풀려나온 향기가 잔설을 녹인다. 벌판 너머, 산 너머 항구에서 시작된 출렁거림이 사내들 가슴마다 번진다. 차르르 차르륵, 바퀴가 돌아가고 뒷모습에 매달린 시선들도 상상의 바퀴를 돌린다. 어느새 폴 뉴먼이 되어 캐서린 로스를 태우고 시골길을 달린다. 흥얼흥얼 노래도 불러가며 바퀴의 반동보다 더 크게 튀어오른다. 눈빛으로 치근거리거나 말거나 힐끔 가슴께를 훔쳐보거나 말거나 그녀는 달린다. 자기들만 애달프지, 그녀는 활짝 웃는다.

달까지도 단숨에 다다를 수 있을 것 같은데, 제일 작은 별까지도 한달음에 찾아갈 수 있을 것 같았는데 멀기만 하네. 네오처럼 가야겠네. 무선으로 날아올랐다가 칼바람에 떠밀려 불시착하면 큰일이지. 전화선 타고 가야겠네, 광속으로. 깜박거림 몇 번이면 당도할 수 있을 테니까 자전거는 여기까지네. 뒤따르던 사내들이 허겁지겁 자전거 주위에 서성이거나 말거나, 지나온 길마다 너무 일찍 온 봄이라고 난리가 나거나 말거나 그건 내 죄 아니니까. 하르르, 웃으며 달렸다고 잡아갈 일 없으니까, 난 모르지.

그녀가 도착했다. 가지런한 치열을 드러내며 웃는다. 생일축하 꽃다발이라도 받는 것처럼 나도 웃자 그녀는 찡긋한다.

　　　보름달 같았다가 반달이 되었다가
　　　초승달로 얇아지는 눈매를 본다.
　　　뾰족한데도 찔리면 보드라울 것 같고,
　　　깊게 찔릴수록 행복할 것만 같다.

봄이 남쪽부터 온다고 누가 그랬나. 향기는 꽃의 전유물이라는 거짓말을 여태 믿었나. 봄이 지나야 작열하는 여름이라고 누가 말했

나. 언제든 가슴이 타오르면 여름 아닌가. 그녀가 도착하고 화르
르 봄이 뒤따라왔다. 팡팡 꽃망울 터지는 소리만 들린다. 손톱에
진달래를 피우고 입술엔 영산홍을 가득 담고 찰랑찰랑 머리에서
흘러내리는 물소리가 들린다. 뭉게구름 둥실 떠오르는 마음이니
여름이다. 키스한 것처럼 후끈거린다. 가슴이 녹아내리는 걸 보니
태양을 삼켰나 보다. 잘 빚은 연적 같은 콧날의 안경을 고쳐 쓰며
저, 저 눈망울로 나를 읽었겠지. 가을이고 겨울이고 저만치 밀어
놓고, 아니면 지금 여기서 멈추라고 떼라도 쓰고 싶은 순간이다.
띵똥, 그녀가 전화선 타고 파란불 깜박이며 도착했다.

사
랑
을
사
랑
했
네

녹아내리던 늑골도 서서히 멈추네. 촛농으로 흐느끼는 물결무늬
인 듯, 눈물인 듯 굳어버렸네. 활활 타오를 때는 투명했는데 돌아
보니 흐려져 있네. 내부의 어떤 것도 보이지 않네. 바람도 없는데
불은 꺼지고, 태워도 태워도 남을 것만 같은 몸인데 불은 꺼지고,
나는 서서히 굳어가네. 녹아 끊어진 늑골 사이로 남아 있던 문장
들이 떨어지네. 또 다른 생채기를 내고야 마네. 나의 일인 것을
모국어 탓으로 돌려보네. 내게 남은 자음들이 날카로운 모서리를
가진 때문이라 탄식하네. 물풍선처럼 건드리기만 해도 터질 것
같으면서 오래도록 혼자 궁굴려 푹신해진 말들을 건네기도 했었
네. 그것은 나의 일이었네. 혼자서는 소리가 될 수 없는 자음들만

나의 것이네. 뭉게구름 같은 미소 앞에서 속으로만 먼저 번지는 노을이었네. 붉음은 가고 잔열이 계속해서 나를 녹였던 거네. 손이 떨리던 만남의 탁자도 흐려지네. 몰래 손을 문지르던 탁자 모서리는 저 혼자 낡았네. 흔한 사랑이 몇 번이나 스치고 지나갔는지 알 수 없는 일이지만 나중에 일어선 사람은 이 모서리를 가슴에 안고 갔을 것이네. 무릎을 찧듯 멍든 곳도 생겼을 것이네. 혼자 앉은 창밖으로 작달비가 꾸짖으며 지나고 언젠가는 함박눈이 종일토록 비웃으며 팔랑거렸네. 우산을 쓴 사람들은 거개가 당신이었고 황사 속 흐린 걸음들은 나만 같았네. 그리운 것들은 뒷모습만 보여주네.

사랑을 사랑한 건 아닐까 생각했네. 그런 생각의 그늘로 도피하려네. 어쩌면 당신 아니었어도 나는 타올랐을 테고, 어쩌면 당신 아니라도 나는 사랑에 빠졌을 거라 체념해보네. 이런 비겁함의 동굴로 들어가도 젓갈처럼 겸손하게 삭을 수 있을까. 백 년이면 맑은 진액만 남기고 육탈할 수 있을까. 나의 일이었다 하면 당신은 없어도 되는 것이네. 당신이 애초부터 없었어도 사랑과 무너짐은 자초한 결과가 되는 셈이네.

　　단지 사랑을 사랑했다고 말해놓고 후회하네.

　　남들에게 장담하고 돌아와 젖은 나무처럼 하루를 울었네.

　　사랑을 사랑했네.

　　그러나 당신이어서 사랑을 사랑할 수 있었네.

더는 사랑을 사랑하지 않게 되었네, 나는.

세상의 무늬들

잘못 날아왔군요. 여긴 말갈기가 가슴을 간질이도록 힘차게 오를 언덕이 없죠. 누가 먼저 흰 돌을 집을까 산딸기 한 바구니 걸고 내기하던 바위계곡도 없죠. 세워둔 지팡이 그림자가 동굴 입구를 가리킬 때 노을을 방석 삼아 나란히 앉자고 약속했던 모래밭도 없죠. 아무리 멀리서라도 당신이 휘파람을 불면 잊지 않고 내게 전해주던 미송douglass fir의 높다란 가지들도 없죠. 쿵쾅거리는 말의 심장 소리가 파문으로 번져 나가던 강물이 없죠. 바람에 날려 물에 떨어진 옷을 비버가 물어 가는데도 억센 당신 팔에서 벗어나기 싫었던 여울이 없죠.

여긴 참을 수 없는 곳이군요. 새하고 이야기할 줄 모르는 사람들만 있죠. 꽃은 화분에 갇힌 채 비명을 지르죠. 네온이란 괴물 때문에 노을은 저 멀리 혼자서만 붉죠. 허벅지 탄탄한 말 대신 우락부락한 버스가 다니죠. 두더지굴과 여우굴은 없고 땅속으로만 달리는 지하철이 있죠. 버스도 지하철도 말안장에 있어야 할 발걸이가 천장에 달려 있죠. 의자에 앉아봐도 말 달릴 때 종아리로 스며들던 촉감은 아니죠. 높지도 않은 곳을 움직이는 계단만 타고 다니죠. 가지런하고 말보다 힘세지만 비 올 때와 바람 불 때마다 표정을 바꿔주는 비탈만은 못하죠.

돌아갈 방법을 찾을 수 있을까요. 아버지는 퓨마보다 용맹한 아메리카 추장이죠. 내가 태어나던 새벽엔 산짐승도 새들도 숨죽이며 기다렸다죠. 들판의 어떤 꽃도 나와 견줄 수 없다고 어머니가 말씀하셨죠. 시간도 장소도 어긋난 이 불시착을 되돌릴 수 있을까요. 당신 뒤에 앉아 말을 타고 싶어요. 등에 얼굴을 묻으면 당신 날개뼈가 툭툭 내 뺨을 두드려줬죠. 거칠지만 아프지 않았어요. 들소 가죽으로 내 발에 꼭 맞는 신발을 만들 수 있는 사람은 아버지 말고는 당신뿐이죠. 내가 주워 온 파란 돌로 팔찌도 엮어줬었죠. 비버에게 내 옷은 물어 가지 말라 하고 강물에 뛰어들고 싶어요.

당신이 껴안으면 깔깔 웃으며 발가락 사이로 가재가 지나갔다고 거짓말하고 싶어요. 여긴 아니에요. 사람들이 바쁘게만 걸어가

는 여기는 싫어요. 지하철 노선도를 아무리 찾아도 우리의 들판
으로 돌아가는 길은 없어요. 내가 힘껏 휘파람 불면 당신에게 들
릴까요. 아스팔트에 귀를 대면 당신의 말굽소리가 들릴까요.

겨울은 만사가 부족한 시절이어서 공원도 허기진 군상들의 수용
소가 되었다. 어린 느티나무들의 뱃구레가 홀쭉하다. 산책로 점토
벽돌은 언 볼을 마주 댄 형제들이다. 손가락 마디마다 얼음반지를
낀 공작단풍이 털어줄 바람을 기다린다. 여름내 몸피를 늘인 은사
시나무의 흰색도 서늘한 빛이다. 신발 하나 얻어 신지 못하고 맨
발로 피란 온 물오리들은 어디 갔을까. 과묵한 바위들도 잔설에
이마가 시린지 안색이 가라앉았다. 경계 삼아 당겨둔 밧줄들도 내
려앉았는데 표지판 화살표는 한사코 한 방향만 고집한다.

눈보라 비껴 나는 / 全一群一街一道

퍼뜩 차창車窓으로 / 스쳐가는 인정人情아 / 외딴집 섬돌에 놓인

하나 / 둘 / 세 켤레

— 장순하, 〈고무신〉

겨울이란 종일 허기지는 시절이어서 따듯한 목넘김이 절실한 것
이다. 달곰한 팥죽도 좋고 김장김치 숭숭 썰어 넣은 칼국수도 후
끈하리라. 아랫목에 앙귀됐던 감투밥을 상에 올리고 쪽파가 자맥
질하는 된장찌개 하나면 족하리.

그러나,

차가운 동치미도 마음을 데우는 음식이어서

이가 시리게 베어 물던 맛이 그리운 것이다.

외딴집 섬돌에 놓인 고무신이 저희들끼리 눈을 맞아도

왠지 춥지는 않은 것이다.

시선이 푸근해지고 구들에 온기가 돌 듯 마음 어딘가로 뜨듯한
기운이 번져 나간다. 그런 방에 세 식구 모여 앉아 저녁을 먹고
싶다.

아비는 어린것의 터진 볼때기를 어루만진다. 아내가 앞으로 밀어
놓은 고등어 한 점을 먼저 먹는다. 창을 경계로 밖으론 어린 눈,
힘센 눈, 다 늙은 눈이 함께 비껴 날고 안에는 된장찌개 훈김이 세
식구 숟가락 부딪는 소리와 버무려진다. 노루발 닮은 상다리는

주인만큼이나 내력이 깊어서 숱한 흠집을 얻고도 불평 하나 없다. 아삭, 동치미 무 깨무는 소리에 고드름이 떨어지고 들기름 발라 구운 김처럼 어둠도 자분자분 내려앉는다. 차가운 것이 때론 온기를 더하는 일이어서 겨울도 견딜 만한 시절이 된다. 얼음 잡힌 동치미가 그렇고, 미처 들여놓지 않아 입안 가득 눈을 머금은 세 식구 신발이 그렇다. 외딴집 섬돌이 없는 도시이기에 현관의 신발들을 돌아보는 것이다. 가지런한 수저들이라도 하나씩 꺼내 보고 싶은 것이다.

지
금
창
밖
에

하얀 무리들이 온다. 겨울의 입김이 소녀의 웃음으로, 노인의 탄
식으로 온다. 가을 능선의 억새들 머리채를 훑어갔던 바람이 돌
려주겠다며 온다. 차가운 촉감으로 이미 숨이 다했음을 알린다.
몸을 덜고 북으로 올라갔던 매지구름이 긴긴 방황을 끝낸 탕녀의
얼굴이 되어 추락한다. 위로하듯 포장마차를 나서는 술꾼의 어깨
를 흔든다. 그래야 남는 건 두통뿐일 거라고 빈정거린다. 까르르,
웃음소리도 둥글게 굴리는 조무래기들 볼을 비빈다. 너희들이 무
얼 알겠냐며 목덜미로 들어간다. 미리 알아낼 일 아니라고 방울
모자를 토닥여준다. 정초에도 쉬지 못한 가장은 제집 불빛을 향
해 걸음이 바빠지는데 세상의 이치라는 듯 빙판길은 발목을 잡아

챈다. 밀고 당기고 체념하고 불끈하며 하루를 산다.

지금 창밖엔 잠시 쉬라고 위로가 내린다. 다 덮어줄 테니 그저 바라만 보라고 망각이 내린다. 덮어진 자리에 다시 발자국이 찍힌다. 오고 가던 길이었다. 아니, 방황하느라 맴돌았던 자리다. 왕배덕배 타인의 문제라고 고집부린 흔적이다. 포장도로에 찍히는 발자국은 없다. 자신만이 볼 수 있는 마음의 행로였으니 들키지 않고 변명할 수 있었다. 난 아니라고 화도 낼 일이었다. 내가 아닌 누군가가 지나간 것이다. 그러나 그게 나였고 그중의 하나가 분명 나였으니 분분한 발자국이 전부 나였음을 이제 고백한다. 내 마음자리를 당신도 지나갔을 것이다. 당신이었으니 지나갔을 것이다. 내 마음자리이니 당신만 지나갔을 일이다. 세상 이치도 사랑도 흔적들의 복기復棋고 오역이다. 취향대로 그린 그림들을 영인본影印本으로 간직하는 행위다.

그래, 눈 온다. 싸락눈이었다가 함박눈이었다가 이도 저도 아닌 눈 온다. 사람들에게는 눈송이만큼이나 많은 제각각 느낌으로 회상을 일으킬 것이다. 감탕으로 흐려지겠다. 또렷해 견딜 수 없겠다. 그러니 세상은 개연성蓋然性의 무대다. 허약한 인간이기에 그럴 거라고 안도하는 거다. 그럴지 모른다고 두려워지는 거다. 정초이니 괜찮다, 괜찮다 하며 느긋한 내리막을 꿈꾸는 거다. 눈 온다. 저기 멀리 걸어가는 이의 목적지가 푸근하길 바란다. 구멍가게 창안의 졸음이 달곰하길 소망한다. 불빛을 고향으로 옮겨 간 집들이라 캄캄해도 안온할 거라고 믿는다. 물끄러미 제 발등에 쌓이는 눈을 내려 보는 가로등도 발 시리지 않았으면 좋겠다. 요란하게 질주하는 피자 집 오토바이도 넘어지지 말라고 응원하겠다. 앉아 있는 시간에도 달려갈 쪽을 응시하는 나를 누가 좀 꾸짖어주길 바란다. 끝끝내 다 연소시켜야 직성이 풀리는 나도 잠시 휘우듬한 어둠에 기대 쉬고 싶은 거다. 지금 창밖엔 눈 온다. 눈이 운다. 눈도 운다.

공항과 공상

고객님, 먼저 갔군요. 몰디브 해변의 레모네이드가 짜릿한가요.
바텐더의 비키니 끈만 바라보고 있나요. 아무리 눈에 힘을 준대
도 그건 끊어지지 않아요. 양쪽 골반과 치골을 연결하는 버뮤다
삼각지대에서 상상의 몸부림에 빠졌나요. 거긴 한번 들어가면 좀
처럼 벗어날 수 없는 곳이죠. 몸을 돌려 노을을 보세요. 고개 들어
하나 둘 미소를 띠는 별을 보세요. 조금 기다리면 행운의 유성을
만날지도 몰라요. 그녀 엉덩이의 흔들림보다 고객님 마음이 어디
로 기우는지 느껴보세요. 절벽같이 직선으로 내리뻗은 그녀의 아
랫배가 아찔하기는 하겠죠.

뒤채는 모습을 보니 몰디브가 아니군요. 마다가스카르의 바오밥 나무 튼실한 허리가 젊은 날의 어머니 같은가요. 어머니 허리에 매달려 걸어가던 여름날의 미루나무 길이 그리우신가요. 살짝 술 냄새가 나는 걸 보니 돌아가신 아버지는 막걸리 심부름을 자주 시키셨군요. 난닝구 바람에 깜장 고무신 신고 탈래탈래 뛰어오던 논둑길을 바라보고 있나요. 줄기째 꺾어 지게에 얹고 가는 감을 따라 당숙어른 집 앞까지 가곤 했나요. 청솔가지 푸른 연기가 슬그머니 산으로 돌아가는 시간이면 부르지 않아도 고샅을 달려 집으로 돌아갔나요. 완두콩 흩어지듯 형제가 대처로 돈 벌러 나가서는 명절에나 한 번 돌아가는 고향인가요.

이제 일어나세요. 보딩패스를 보여주세요. 꿈에서는 시간도 공간도 비자 없이 무국적 입국이 가능하지만 여긴 공항이거든요. 고객님은 지금 가장 먼 곳을 무료로 날아갈 수 있는 상태라도 체류기한이 잠깐임을 아실 거예요. 저는 고객님을 모시고 갈 스튜어디스랍니다. 레모네이드 한 잔 드릴 수 있답니다. 나머지는 저희 항공사가 제공하지 않습니다. 제가 사용하는 화장품이 어머니의 향기와 비슷할까 모르겠어요. 이제 일어나세요. 꿈은 이륙방송을 하지 않아도 따라오고 때론 저 혼자 다른 항로를 선택하곤 하더라고요. 꿈이 빠져나간 몸은 조금 가벼울까요. 아이라면 한 번 안아보겠지만 불필요한 오해 때문에 참겠습니다. 돌아가시는 길인지 떠나려는 참인지 저는 모르지만 짐이 단출한 걸 보면 떠나시는 길이네요. 우리는 왜 돌아오는 짐이 더 많을까요. 그건 사랑하는 사람들이 있다는 증거겠죠. 돌아오지 않는다는 출발은 없으니까요. 일어나세요. 차가운 대합실 의자에서 이륙한다 해도 몸을 두고 너무 멀리 가면 돌아올 때 슬프거든요. 꿈은 점점 넓어지지만 몸은 자신도 모르는 사이에 좁아지거든요. 서로 크기를 맞춰놓지 않으면 슬프거든요. 일어나세요. 이제 이륙할 시간이랍니다.

저물녘 어둠은 귀신같이 빈집을 찾아내 들어앉는다. 잎 너른 나무 아래, 우묵한 바위 밑이 수월하다는 것을 알아서 먼저 자리 잡는다. 내게도 주인 없는 공간이 있지 않을까. 스스로 소유권을 방기한 자리는 또 어디일까. 우묵한 곳곳에 저녁마다 어둠이 찾아들어 주인 노릇을 하며 함부로 돌아다니는 것은 아닐까.

　　허약한 부위를 들키지 않아야 한다.

　　도망갈 수 없으니

　　은폐하는 기술이라도 익혀야만 한다.

올무에 걸린 멧돼지가 버둥거린다. 거기 있는 줄 알았겠는가. 그들의 세계에서는 달려가 물어뜯거나 받아넘기는 방식만이 존재하므로 올무 따위의 음험함이 필요 없는 것이다. 멧돼지의 풍성한 살코기와 더운 내장을 노리는 상대도 매복을 애용하지만 맞닥뜨리는 순간 달리면 벗어날 수도 있는 것이다. 방식의 차이를 이해할 수 없는 멧돼지가, 도무지 학습되지 않는 멧돼지가 버둥거린다. 숲의 어둠처럼 올무의 강선은 여린 부분만을 찾아내 조여 온다. 아니, 멧돼지가 버둥거리며 숨통과 가까운 부위를 드러내는 것이다. 당신도 도시의 멧돼지는 아니었는가. 저돌적 자세로 업무를 처리하고 때론 여자에게 이와 유사한 스타일로 대시한 적 없는가. 정면승부를 자랑하며 마구 달리기만 하지는 않았는가.

노루의 발목을 잡아챈 덫은 아귀에 힘을 주고 가만 기다리기만 한다. 인대가 끊어지도록, 뼈가 으스러질 때까지 노루가 스스로 산 위를 향해 앞발을 박차는 것이다. 초식동물의 예민함으로도 감지할 수 없는 덫이었다. 쇠 냄새조차 지워버린 엽사獵師의 기술에 속수무책으로 당하는 거다. 여자여, 당신은 이런 노루와 같다고 한탄한 적 없는가. 혹시 지금 이런 상태로 선혈을 뿌리며 버둥거리는 건 아닌가. 도망가겠다는 다급함보다 당황과 공포로 몸부림치는 건 아닌가. 그 몸부림이 죽음을 앞당길 거라는 예감도 하고 있는가. 멀리 볼 수 있다고 기꺼워하던 눈은 공포가 밀려들기 좋은 창이 된다. 바스락거림도 다 담을 수 있었던 귀는 제 심장이 쿵쾅거리는 소리만을 듣고 있다. 멧돼지는 기도가 막혀 혀를 빼물고 죽었다. 노루는 다리 하나를 버리고 가까스로 탈출했으나 과다출혈로 덤불 속에서 마지막 숨을 몰아쉬고 그만이었다. 거부하려는 몸짓이 약한 자리를 드러내게 되는 경우다. 타인의 시선으론 이율배반이다. 아니라고 몸부림치는 스스로가 급소를 가르쳐주는 결과를 만든다. 결과로는 의도하지 않았던 형용모순이다. 혼자 울던 날들을 생각한다. 분노가 기억력을 향상시켰던 거라고 까마득한 일들을 어제처럼 떠올리곤 했다. 저녁을 울지 말아야 한다. 견딜 수 없다면 혼자 울어야 한다. 어둠을 앓지 않아야 한다. 피할 겨를도 없이 엄습한 통증이라면 아무도 없는 곳에서 혼자 앓아야 한다. 골목엔 올무가, 사람과 사람 사이엔 덫이 가득하단 말이다. 지금 밖으론 잠시 잊으라고 눈 온다. 저 눈은 또 어떤 엽사가 고용한 몰이꾼들이란 말이냐.

산
타
에
게
미
리
보
내
는
편
지

풀밭에 나란히 누워 찍었던 사진을 찢어 쌓아둔 것, 도무지 숙성
되지 않는 불면을 담아둔 술병들, 혼자 돌아오는 골목의 보안등
불빛, 빈방 스위치를 올리면 순식간에 숨어버리는 어둠들, 그니
는 떠나고 욕실에 남겨진 머리카락, 아버지를 산에 남겨두고 돌
아와 혼자 열어보았던 연장통, 새벽 출근길에 마주친 골목의 토
사물, 거죽만 남고 바퀴 따라 어디론가 이탈된 산짐승의 육신

제게는 선물이 필요 없습니다. 다만 분리수거가 불가능하고 남몰
래 내버릴 수도 없는 것들이나 가져가셨으면 좋겠습니다. 여행용
가방에 차곡차곡 담아났습니다. 크리스마스이브가 지나면 이것

들은 다시 가방을 찢고 몰려나올 겁니다. 세균처럼 번식하고 곰팡이처럼 도무지 막을 길 없이 단칸방을 재점령할 겁니다. 사진은 잘게 찢었으니 루돌프 사료 대신 쓰면 어떨까 싶습니다. 술병에 담아둔 불면은 과음하면 위험하니까 밤하늘을 돌며 잠이 쏟아질 때 한 잔씩 마시면 괜찮을 겁니다. 지금껏 주신 선물을 제대로 간수한 게 하나도 없으니까 이젠 지나쳐도 원망하지 않습니다. 꿈의 소유권은 잘 키울 수 있는 사람에게 있다는 걸 알았습니다.

주인에게 버림받고 날카로운 감촉도 잃고 이제 녹슨 면도날, 밀려난 동료의 서랍에서 발견된 사원증, 뜯어진 바짓단을 꿰매주다 바늘에 찔렸을 때의 피 한 방울과 그 입술, 밤마다 떼어내는 가슴과 얼굴과 힙에 찍힌 남자들의 시선, 캄캄해도 하이힐 뒤축이 빠지지 않게 걸어갈 수 있었던 그 동네 골목길, 베개 한편에 남아 있는 텁텁한 담배냄새와 빨래할 때마다 머뭇거린 마음, 사직서 쓰려고 작성했던 야근신청서들, 전화기를 바꾸며 마지막으로 한 번 더 들었던 음성메세지

이젠 산타가 유용한 어린이는 아니랍니다. 저는 사랑보다 더 큰 선물은 없다고 믿거든요. 부유하는 기억들, 풍선처럼 날아간 촉감들은 가까스로 모아서 아끼던 보석함에 넣었답니다. 선물로 드릴게요. 산타의 나라에서는 이 망가진 부스러기들이 새로운 빛을 얻을 수 있지 않을까요. 처음의 내게 그랬던 것처럼 누군가의 시작에 장미로 피었으면 좋겠어요. 루돌프 마차에 빈자리가 남아

있나요. 많아 보여도 후우 불면 단번에 흩어질 만큼 내게만 강력
한 통증이거든요.

그 나라에는 없겠지만

가능하다면 사랑 말고

아무도 미워하지 않을 심장 하나만 주세요.

추위 때문만은 아니라서

어느 치욕의 퇴적이기에 이리도 난해한가. 순서를 알 수 없고 해독되지도 않는 문양들이다. 검은 줄기를 따라가다 길을 잃는다. 스스로 이정표를 꺾어버린 미로들이다. 백색지대를 짚어보다 물컹한 늪에 빠진다. 바닥까지 가라앉으려 해도 백 년은 걸릴 것 같다. 누린내 나는 첫맛이 지워지기도 전에 비린 뒷맛이 울렁거린다. 끝내 물러질 수 없었던 기억 몇몇이 암석처럼 박혀 있다. 누대에 걸친 울분이라고 띠를 이루며 구불거린다. 단단하게 누르지 않았다면 진즉 폭발했을 거라고 부러지는 소리를 낸다. 탐침봉 따위로 지층의 내력을 알 수 없을 것이다. 물렁하다고 함부로 들이대지 못할 일이다.

은밀한 이력을 들춰내려는 탐험가처럼 유심히 바라본다. 젓가락을 탐침봉 삼아 잠시 머릿고기 앞에 머뭇거린다. 내 생애만큼 염분이 진할 것 같은 새우젓도 접시에 겸손하다. 다 버린 자만이 가질 수 있는 자세로 몸을 굽혔다. 칼 맞아 산산이 토막 난 대파는 말을 잃고 푸른 냄새로만 뒤엉겼다. 이것들도 한때는 꼿꼿한 창槍이어서 가을 하늘을 찔렀을 것이다. 다대기가 종지 안에 서로 어깨를 걸고 있다. 맵찬 겉모습과 달리 허망한 것들이다. 뜨거운 국물 안에서 삽시간에 풀려버릴 연대일 뿐이다. 나는 또 누구와 이렇게 연대했다가 풀어지고 배반하고 외면당했나. 고만고만한 접시들의 큰형님처럼 깍두기만 반듯한 표정이다. 그러나 지구의 중심까지 뿌리를 내린 것처럼 자만하다가 덜컥 뽑혀버린 존재들이다. 서서히 물러지는 자신에게 당황한 듯 안색이 붉다.

그래, 이렇게 한 끼니 넘기고 가자. 제 속도를 감당하지 못한 바람이 엎어지며 창에 부딪히는 여기서 잠시 무릎을 접고 앉아보자. 겨울은 못 가진 사람들을 먼저 찾아오고 이별한 자에게 더욱 참혹한 폭군 아니냐. 등으로 건너가야 하는 시절이다. 힘센 것들에게 복종하듯 빙점 아래로만 기우뚱한 걸음을 걸어야 하는 거리의 국밥집이다. 층층이 지층을 이룬 머릿고기 한 점 씹으며 돼지가 기억해둔 치욕과 돼지이기에 퇴적시켜야 했던 울분을 삼켜보자. 내 머리를 잘라 삶으면, 푹푹 삶아 뼈를 버리고 살점만 골라 누르면 여기까지 오느라 참았던 모든 것이 드러나리라. 지고 돌아오던 골목의 어둠과 다 가지라고 던져버렸던 날의 빈 주머니가

캄캄하고 허옇게 층을 이뤘을 것이다. 그래, 견뎌야만 하는 시절
이려니 국밥이라도 한 그릇 넘기고 가자.

알고도 모르는 것

나는 왜 가난이라는 내복을 여적 벗지 못하나. 먹고사는 문제는 해결되었는데도 불쑥 청승이 튀어나오고, 가끔은 식탐까지 남에게 들키곤 한다. 현장 엔지니어 생활이 한참이던 예전에 지나가던 여자가 자기 아이에게 "공부 못하면 저렇게 된다"고 하는 말도 들었다. 죽어라 공부해서 얻은 자리인데 남에게는 그리 보이기도 한다. 나는 운이 좋았나. 이런 자리를 차지하지 못한 사람들은 불운했다고 단정 지을 수 있나. 내 딴엔 노력해서 성공한 인생이고 그럴 만한 자격이 된다고 자신한다면 실패한 사람들, 사회의 바닥을 헤매는 사람들도 그럴 만해서 실패했다고 업신여겨도 되나. 물질적 평등을 성취할 수단이고 방법이고 없는 세상에서 만인이 평등하다는 논리란 얼마나 허망한가.

작업자들이 나오지 않았다. 월급쟁이와 다르게 현장작업자는 일당제라서 칠만 원 가량이 칼바람에 날아간 셈이다. 송도는 매립지답게 예리한 파도가 뭍으로 날아오르는 듯한 바람이 분다. 추위 때문에 지갑이 헐거워질 작업자들을 생각하며 꽝꽝 언 도시락으로 하루를 버텼을 그 시절의 아버지를 떠올린다. 빙판이 된 비탈에서 물지게 지다가 나뒹굴던 내 어깨에 겹쳐지는 사람들은 날씨만으로도 견딜 수 없는 상황일 것이다. 텅 빈 출역현황판 칸칸마다 냉기만 무임승차해 있다. 누가 저것들을 내리게 할 수 있을까.

지친 초록과 설익은 은행잎과 농밀한 벚나무 이파리가 함께 흔들
립니다. 앞서거니 뒤서거니 어우러져 입고됩니다. 행락객은 붉
은 이파리들 아래서만 사진을 찍습니다. 계곡물이 다투며 내리닫
는 것 같아도 폭포 아래서는 뒤에 온 몸과 앞섰던 물살이 서로를
섞는 것처럼 다 붉어지고 황금으로 무성해질 경영입니다. 선입先
入이라 해서 선출先出인 것도 아닙니다. 제가 보유한 이파리들은
그늘 제조용입니다만, 그늘은 과다사용에 따른 부작용이 있습니
다. 서늘함이 짙게 드리워진 분들께 뜨거운 방점을 찍어드리기
위해 천연노을만을 염료로 사용합니다. 황금색은 금자라남생이
잎벌레라는 곤충에게 얻곤 합니다. 입찰가가 높아 이번 가을도

장부 기록을 망설이고 있습니다. 적자인데도 봄이면 새로이 상점을 열 수 있는 것은 대주주로서 누대를 거듭한 햇빛과 바람과 빗물의 무상지원 덕분입니다. 상환기한 없는 채무입니다. 사장 혼자서 되는 게 아닌 겁니다.

일 년간 공들여야 하는 명품이라도 산길이며 계곡에 남의 것처럼 세워두곤 합니다. 털어 가도 그만입니다. 비탈이건 어느 행락객의 책갈피이건 누군가의 시선을 붉게 물들이려 개업한 상점입니다. 이 상점에 부는 바람은 세상 어디든 다 들러서 옵니다. 찬연한 빛을 담아 이곳에서 세상으로 나아갈 겁니다. 구름으로 얼굴을 닦는 시간 외에는 끊임없이 채워지는 햇살도 천지간을 공평히 그리합니다. 세상 모두에게 지분을 가졌으니 주머니만 옮긴 셈입니다. 제 경영학도 이와 같습니다. 경계를 두른 매장이 없고 배달 또한 사양합니다만, 보시는 만큼 소유할 수 있게 해드립니다. 험한 길을 마다 않는 분께는 보다 선명한 이파리들을 제공합니다. 후미진 매장까지 찾아온 분께 당연한 응대 아니겠습니까. 서리 내릴 때까지만 재고를 유지하게 될 겁니다. 나무들이 자율로 정리하도록 강제규정 따위는 없습니다. 이 또한 제 경영방식입니다. 간섭할수록 부실해지는 단풍상점입니다. 그늘도 품절되고 단풍도 매진되면 휴업합니다. 간간 방문하시는 분들을 위해 함박눈을 준비 중입니다.

기
다
려
주
지
않
으
니
까

^艦배
다

어둠은 물과 같은 족속이다. 낮은 자리로만 흐른다. 산정엔 아직
단풍과 몸 섞으려는 저녁빛 머뭇거리는데 어둠은 산그림자 앞세
워 계곡을 채운다. 직사광에 산란하던 빛을 거두며 이파리들도
시월의 본연을 되찾는다. 단풍은 베어진 시간의 속살이고 선혈이
다. 천일기도로 욕심을 버린 마이더스midas가 지나간 길목마다 개
암나무가 한 덩이 황금으로 변했다. 알아채는 사람의 소유려니
만산의 황금이 내 것이다. 짊어지고는 비탈을 내려갈 수 없으려
니 푸른 수염 형형한 소나무에게 기탁하련다. 가을이면 엄습하던
두려움을 버릴 참이다. 삭풍이 몰려오면 한 닢씩 건네며 모면하
련다. 폭설로 길이 지워지면 산철쭉 꽃눈에게 한 덩이 얹어주고

일러달라 하겠다.

까마귀 한 마리가 저녁의 전부를 물어 오겠느냐만 검은 날개 아래로 어둠이 쏟아진다. 뒤처진 하나마저 지나면 먹먹 어둠이 호수를 채우겠다. 전신에 자정의 빛깔을 바르고 태어난 족속이다. 서둘러 내려와서는 산채와 탁주가 걸어놓은 올무에 스스로 발목을 걸었다. 술이 비워지는 속도보다 빠르게 후일담이 채워진다. 걸음걸음마다 홍엽紅葉인데, 시선 닿는 곳마다 황금 덩어리인데 사람은 사람 이야기만 한다. 서로의 언어가 다른 까닭이라 변호하련다. 산은 묵언으로 보여주기만 하고 시간은 보행속도를 염려하지 않는다. 붉어진 안색으로 단풍 대신 사람을 본다. 사람만 보고 사람 이야기만 한다.

기다리며 흔들리니까 배船다. 기다려주지 않고 닻줄을 풀어버리니 막배다. 수심 깊은 곳까지 칼집을 내던 해가 떨어졌다. 노을의 잔광이 바위에 부서지며 길을 밝힌다. 물은 가까스로 하루를 마친 행자승의 안색이다. 비늘 달린 것들이 참방참방 수면을 훑으며 달려와도 대답 없다. 돌아가야 한다. 앵혈鸎血인 듯 손목을 적신 산행이다. 만산에 황금을 기탁했으니 부러울 것 없다. 청평사를 떠나며 소나무와의 약조를 물에 버린다. 혼자 찾았던 계곡 건너 산길을 수면에나 그려둔다. 동짓달 얼음장 위에서 지도를 찾아내는 자의 것이다. 막배가 수면을 찢는다.

풍경의 잔혹사

아이들 웃음소리가 골목을 뛰어다녔다. 세발자전거 탈탈거림도 내리막을 질주했었다. 부부는 한 번 더 돌아보고 트럭의 밧줄을 조인다. 숨어 있어야 본색을 유지할 수 있는 세상인지 달력이 걸렸던 자리만 말갛다. 트럭 주위에서 머뭇거리는 아이들 웃음소리는 그러모아 실었는데 달려간 자전거 소리는 챙기지 못했다. 세탁소에 두고 간 옷걸이들의 마른 어깨에는 철거장비 소음과 먼지만 걸려 있다. 번호표도 없고 이름도 없으니 아무도 찾지 않을 것이다. 쌀집 평미레가 혼자 남아 몸을 굴린다. 신경전 벌일 주인도 손님도 없으니 한 말 그득 담긴 적막을 평평하게 밀어낼 생각도 하지 않는다. 트럭은 언덕을 내려가며 적재함에 채워진 노을을 흘린다. 콘크리트 포장도로는 몇 남지 않은 사람들 덕분에 명맥을 유지하는 중이다. 끝까지 남아 넘어지지 않고 내려가게 해주겠다고 단호한 표정을 보인다. 오랜 이웃다운 친절이다.

그들은 수평이었다. 비탈과 꺾임이 반복되는 지형이지만 마음은 수평이었다. 관계란 어느 쪽으로도 기울지 않는 절대수평 위에서 최고의 접착력을 가진다. 적층방식이란 사육에 해당되는 기법이다. 효율만 앞세우는 기술이다. 복도식 아파트라도 결국은 적층인 것이다. 골목이 사라지고 가게들이 철거되고 누추한 집들이 뭉개져도 비탈은 남는다. 번듯한 아스팔트 도로로 변신 당했지만 물매로라도 옛날을 증언한다.

질긴 철근이 마지막까지 버티는 중이다. 지하에 고여 있던 어둠도 내일이면 추방당할 것이다. 여닫는 사람 없어 벽으로 퇴화하던 문들도 뜯겨 나갔다. 텔레비전 안테나가 수신한 연속극은 화면을 찾지 못하고 벽으로 스미며 독백이 된다. 사랑한다는 속삭임과 미워 죽겠다는 중얼거림과 돈 없다는 탄식이 회벽을 타고 흐른다. 변색되다가 탈색 전에 소멸할 것이다. 먹장구름 가득한 저녁이라 공짜 노을도 없다. 몇 남지 않은 저녁의 무릎을 강제로 구부리며 밤이 오려한다. 보안등도 다른 일자리를 알아보느라 껌벅거릴 것이다.

겨울을 위한 에스키스
esquisse

소음이 소음을 뭉개며 달린다. 잘게 부서져 고가도로 아래로 날린다. 경인운하를 따라 고여 있다. 타이어는 앞선 차들이 흘린 것들을 맹렬하게 쫓는다. 먹고 먹히는, 앞의 꼬리를 밟느라 자신의 꼬리를 들킨다. 은하계에서 가장 **빠른** 우주선 '팰콘'의 선장 솔로해리슨 포드 옆자리에 앉은 것처럼 가속할수록 시야는 흐려진다. 광속으로 도로를 벗어나고 싶었을 뿐인데 전부가 지워지고 뒤로 물러앉는다. 소외되는 것들, 파기할 수 없는 문장들의 분진이다. 곁을 내주어야 할 때 생기는 탄식이다. 안개는 가슴이 더운 쪽에서 내려놓은 기억들이다.

새들이 북국北國의 냉기가 묻은 채 날아온다. 깃을 칠 때마다 쏟아진다. 하강하면서 그늘의 온도를 떨어트린다. 저들은 양지까지 세력을 넓힐 것이다. 김포 벌판을 점령한 후에는 강물의 허리께를 움켜쥘 것이다. 바다로 가기 위해 감춘 뼈까지 드러나게 하고야 말 것이다. 냉기는 전부를 움츠리게 한다. 품어서 따듯하고 따듯하기에 품을 수 있던 것들을 내놓으라 윽박지른다. 둑을 터뜨리듯 곁을 허물며 꺼내 간다. 부옇게, 방향조차 잡지 못하고 부유한다. 그악해진 바람 때문에 형체를 유지할 수도 없다. 당황하는 몸짓이다. 입동이 며칠 전이었고, 이맘때 김포엔 안개주의보가 자주 내린다.

나는 어떤 기단氣團이었나. 차갑게 깔리며 누군가 더운 가슴의 술기를 뜯어버린 건 아니었을까. 황망하게 흩어지는 것들마저 바람으로 밀어버린 적 없었나. 누군가의 틈입을 예감하면서도 대책 없이 전부를 흘리고 헛헛했던 때는 언제인가. 곰곰 떠올려도 김포가도의 안개만큼 모호하다. 변호하려는 심정과 원망만 남은 기억들이 서로를 밀치고 서로에게 스며든다. 새들은 허공이 냉기로 가득 차 미끄러울 때까지 날아든다. 가을의 보푸라기만 남아 구르는, 연애 따위나 서성거리는 벌판을 한 바퀴 돌아보곤 그만이다. 유책배우자有責配偶者처럼 날개에 얼굴을 묻고 어떤 변명도 하지 않는다. 그들의 깃에도 초겨울 안개가 묻어 있을 것이다.

가
슴
밋
밋
한
남
자
여
서

따듯한 크레바스^{crevasse}다. 아이젠, 방한복도 필요 없는 계곡이다. 알몸으로 오른다. 헬기로 착륙하듯 불쑥 침입하기도 한다. 풀 한 포기 없는 사막이면서 꽃향기가 출렁거린다. 구토 없는 멀미가 전신을 휩쓸고 지난다. 기억나지 않는 기억의 힘에 이끌려 간다. 투명한 밧줄에 감긴 노예가 된다. 기꺼이 독배라도 들이킬 수 있는 기사의 용맹이 솟아난다. 보는 순간 눈이 멀어버리는 메두사의 환영이다. 닿으면 평생의 업을 짓는대도 결국은 손을 뻗게 되는 천도天桃다. 손목이 잘려도 기어이 넣고야 마는 '진실의 입'이다. 실수였다고 거짓말하게 되는 일이다. 기억으로 따듯하고 예감으로도 푹신하고 상상으로 아찔한 계곡이다. 그러니 사춘기란 여자들 브래지어 내부의 충만함을 상상하며 낄낄거리는 새벽이다.

나도 당신들도 가슴 밋밋한 남자여서, 쓰임새 없는 단추 두 개만 달린 남자여서 그런가. 어머니 젖을 먹지 못한 결핍 때문에 그런가. 불끈거리는 수컷을 감추지 못해서 그런가. 누가 이 황홀한 지옥의 정상을 알려주었나. 볼 때마다, 보는 위치마다, 눈높이마다 천변만화千變萬化하는 요지경을 만들었다. 평생을 탐닉해도 물리지 않는 착각인가, 본능인가. 닿을 수 없을 때는 눈이 손으로 변한다. 닿고 나면 눈이 먼다.

풍만했어도 입춘 무렵의 눈사람이다. 소리도 없이 허물어지는 봉우리다. 이가 시리도록 달려와 마주치는 겨울날의 폐허다. 중력을 이기지 못한 안타까운 방향이다. 갓난쟁이의 몸을 키우고 사내의 밤을 키운 샘이다. 따뜻한 물이 담긴 세숫대야처럼 만월이었다가 비우고 스러지는 반월이고, 캄캄 절벽으로 추락한 조각이다. 연민만 남아 쓸쓸히 돌아보는 가을의 오솔길이다. 반평생 지속된 감정의 습곡褶曲이다. 때론 누구도 불태우지 못하고 저 혼자 식어가는 용암이다. 주인이면서 소유권 주장할 겨를도 없이 남의 것이 되었다가 다 망가진 다음에야 돌려받은 성이다. 방명록만 빼곡할 뿐 아무도 찾지 않는 유적이다. 그러니 비린 맛을 안다는 것은 여자들 브래지어 내부가 얼마간 비어 있어도 그러려니 공감하는 일이다. 물끄러미 바라보는 시선도 그만이나 헐거워지는 저녁이란 말이다.

사이
이
— 시월을 보내며

바람은 좁은 골목을 지날 때 속도를 더한다. 건물에 막힌 당황으로 앞을 다투는 것이다.

당신은 누군가에게 부딪혀 산산 부서진 적 없었나.

마음의 편린들이 다잡을 겨를 없이 한곳으로 몰려갈 때 함께 휩쓸려 번민한 적 없었나.

바람과 건물이 서로를 모르듯 심장과 손은 각기 다른 존재를 탐닉한다. 발은 생각과 상관없는 방향을 고집한다. 사금파리처럼 다시는 되돌리지 못할 나날들, 일순 몰리며 흐름이 가속되는 감정들, 원본은 찾을 길 없이 편집된 기억들의 통로가 있다. 담담한 척

간극間隙이라 쓰지만 누군가 틈이라 했을 때 울렁거린다.

찬비에 낙엽만 수북하다. 견디지 못한 추락이라고 누가 말했나. 때를 아는 것이다. 서로 다른 방향으로 날려 가느니 잠시라도 젖은 몸을 포개고 싶은 것이다. 안타깝지 않다. 서글프게 바라보지도 않겠다.

낙엽은 공간을 찾고 우리는 시간을 찾는다. 일몰과 어둠 사이, 새벽으로부터 일출까지의 벨벳 같은 느낌을 갈구한다. 낙엽은 귀퉁이를 찾아 모여들고 우리는 틈을 찾는다. 문득 스미는 안온함을 기다리는 거다. 연인 사이의 대화가 끊겼을 때 채워지는 따뜻한 적막, 그니가 커피를 주문하러 카운터로 갔을 때 빈 의자에 남아 있을 체온, 젊은 어머니와 아이가 말없이 눈맞춤 하는 시간의 푹신함 등등이다.

가을을 아쉬워하지도, 겨울을 기다리지도 않는다. 이유 없는 '그냥'이다. 십일월은 그런 계절이다. 집으로 들어가는 연인을 바라보다 무언가 할 말이 남아 있는 듯 옮기는 한 걸음의 보폭이다. 십일월은 가을의 웃음과 가을의 이별과 겨울의 막막함이 켜켜이 쌓이는 틈이다. 환절기換節期라 부르며 변화를 예감하는 게 아니라 간절기間節期라 쓰고 틈을 읽는 시간이다.

당신이 간절기는 어떠냐고 웃어도 괜찮겠다. 다가올 겨울보다는 시월이 남긴 틈에 마음을 모으련다. 가을을 지나오며 나와 누군가의 틈에 쌓였을 것들을 돌아보련다. 진눈깨비가 덮어버릴 때까지 시선을 돌리지 않으련다. 겨울이란 어차피 정면으로 마주하는 계절이 아니라 등으로 견디는 시간들이다.

날마다 마지막

나 브루나이로 가련다. 사이판, 괌 따위는 서민들이 적금 부어서 떠나는 곳 아니냐. 브루나이 엠파이어호텔 펜트하우스에 방을 잡으련다. 프런트 아가씨도 내 윙크에 아찔해지겠지. 미끄러지기만 하는 조국은 잠시 잊고 거기 야자수 아래서 미녀가 발라주는 팜유palm油에 미끄러지듯 오수午睡에 젖어보련다. 암송아지 스테이크는 반만 먹고 남겨야 여유 있어 보이겠지. 오십 년은 묵은 포도주여야 입가심도 개운하겠지. 햇빛 함빡 머금은 시트에 몸을 말고 느지막이 눈을 뜨면 초롱초롱 오오랜 이상형의 여배우가 미소 지으며 내 눈을 바라볼 것이다. 그 눈빛 속으로 헤엄쳐 들어가야지. 그녀를 만끽해야지. 비실비실 웃으며 우리들 발치에 캐비아샐러드를 놓고 나가는 룸서비스 녀석에게 까짓 백 달러 지폐 한 장 꽂아 줘야지. 그러려면 나 브루나이로 떠나야 한다.

더운 곳이니 최고급 마직麻織 재킷을 입을까. 날렵한 몸매엔 지중해 빛깔 보타이bow tie가 어색할 거야. 흰색 페레가모 구두를 신겠어. 그녀에게 타이트한 미니스커트를 입으라면 비행기 안에서 불편하다고 찡그리겠지. 챙 넓은 모자를 사주련다. 살짝 들어 올리면 열대의 노을이 이마에 번지겠지. 그리고 내 마음에도 물이 들겠지. 꽃무늬 플레어스커트 입고 뛰어가는 뒷모습을 떠올리니까 세상에 온통 팝콘이 터지는 거 같다. 실루엣이 도드라지는 탱크탑 원피스도 하나 챙기라고 하겠어. 해먹에 뉘이고 머리칼을 쓰다듬어주고 싶어. 그녀가 가늘게 웃으면 천천히 키스할 거야. 나란히 누워 야자나무 사이로 별을 헤아리기도 하겠지. 짝 없는 도마뱀이 줄타기하며 훼방 놀면 그녀는 비명을 지르겠지. 별들이 까르르, 반짝이겠지.

입국비자는 안주도 필요 없는 소주 한 병이다. 로또 판매점 앞, 여기가 브루나이 직행편 일등석을 탈 수 있는 곳이지. 다시는 이 비루한 곳으로 돌아오지 않겠다. 누구는 달려오는 열차에 뛰어들고, 어떤 이는 가족을 두고 목을 매고 몇몇은 철탑에 널판을 깔고 절규하는 이곳은 지상 최악의 툰드라지대인 것이다. 빙하에 깔린 비명들이 횡행하는 사철 겨울이다. 오늘도 사회복지사가 온다면, 도대체 원하는 게 뭐냐고 울상 지으면 저 형광등이나 꺼달라고 하겠다. 브루나이행 비행기가 항로를 이탈하지 않도록 캄캄하게 해달라고 웃겠다. 모로 누워서 서서히 온몸의 피가 빠져나가는, 보도블록으로 스며드는 느낌을 만끽하겠다. 도시의 가장 낮은 하수도를 따라 어디론가 흘러가겠지. 티켓은 편도를 끊는데도 번번 돌아오곤 한다. 새벽밥 먹고 나온 청소원의 빗자루에 강제출국 당하는 거다.

마음과 반대 방향으로 가는

기차 맨 뒤에 앉아 풍경의 소실점을 본다. 산발한 아까시가 절규하며 멀어진다. 내게 무슨 말을 하려는 것일까. 떨어진 꽃잎이 소용돌이에 휘말려 솟구치다가 선로 위로 쏟아진다. 후회할 일 있을 거라는 예시일까. 분명 더 멀어지는 중인데 휘우듬 내려다보는 산들과 달리 저 먼 바위산은 움직임이 없다. 시간이 가면서 따라가는 무엇을 아느냐는 뜻일까. 덜컹거림은 심장박동처럼 일정하다. 불현듯 울컥하며 올라왔다 가라앉는 덩어리는 온전히 나의 것일까. 그리운 얼굴들은 까마득 멀리 있거나 한발 뒤에 온다. 치욕은 반갑잖은 이복형이고 남은 여정도 멀다.

　　사랑은 승차권이다.

주머니에 들어 있으면서도

정작 검표원이 다가왔을 때는 손에 잡히지 않는다.

기차 맨 뒤에 앉아 소실점에 마음을 찔린다. 생애의 전부가 담금
질된 송곳이다.

너머엔 어여쁘다 할 것도 없는 아내가 머릿수건 벗어 몸을 털고
있을까. 지게보다 부지런하던 젊은 날의 아버지가 개울물에 낫을
씻고 있을까. 줄에 걸린 홑이불이 사각사각 제 몸을 비다듬고 있
을까. 할아버지 대신 손자를 기다리는 홍시가 얼굴이 붉어지도록
힘을 주며 길을 밝히고 있을까. 참을성 없는 동박새가 저녁 먹을
시간이라고 포르릉 포르릉 잔가지를 건너뛰고 있을까. 진달래보
다 순진한 누이가 뒷집 형 제대 소식에 머리를 한 번 더 빗어보고
있을까. 자치기하다 회관 유리창 깬 조무래기들은 무사히 도망갔
을까. 대청 시렁에 얹힌 메주는 버짐 핀 얼굴로 배부른 장독들을
바라보고 있을까. 알 품느라 새벽잠 설친 암탉은 물이라도 한 모
금 넘겼을까. 너머엔 무엇이 있을까. 그리움의 모든 그늘들은 거
기서 스스로를 앙구고 있을까.

넘을 수 없으니까 너머. 되돌아가지 못하니 너머라 부른다. 산
너머는, 강 건너는 멀지만 언젠가는 갈 수 있다는 희망이다. 보이
지 않는 경계이기에 너머라 한다. 달달하게 희석된 절망이다. 돌
아보는 마음이다. 거기 있을 거라는 짐작이다. 거기 있었다는 기

억이다. 윤색의 연금술로 아름다움은 더 아름답게 단장되고, 폐부에 숨어 있던 칼바람이 서너 눈금 온도를 내린다. 순서도 흐트러져 힘센 기억이 앞줄에 선다. 혼자 오지 않는 얼굴도 있다. 순식간에 다가와 천천히 흐려지는 장면이 있다. 저쪽에 부유하는 것들은 이리로 눈길 한 번 주지 않는데, 너머에 있는 사람은 종종 그리로 눈물을 보내고 마음이 기울고 물이 흐르듯 발길을 돌린다. 너머는 어디일까. 너머엔 무엇이 있을까. 내 그리운 사람도 거기 있나. 거기서 내 생각을 하기는 하는지, 달려가면 여기라고 손이라도 흔들어줄지 알 수 없다. 결국 너머로 보낼 수 있는 건 쌉쌀하고 달콤한 의문뿐이다.

봄날은 간다. 연분홍 치마가 제 흥에 휘날리던 촌동네 봄날은 신작로 먼지와 함께 간다. 정 많은 미루나무 손바닥들을 외면하고 버스 타고 간다. 언제 왔는지 기척도 없다가 뒤태만 남기고 여울을 건넌다. 치맛단 젖은 건 아닐까 걱정할 겨를 없이 아까시꽃 한 움큼 쥐고 간다. 단맛이 가라앉기도 전에 봄날은 간다. 키스가 입술에 남긴 무게와 찌릿한 촉감이 사라지듯 간다. 물컹한 곳에 제 것을 푸욱 찔러 넣으며 씩씩거리던 쟁기가 젖은 몸으로 돌아눕는 사이에 간다. 살을 가리듯 슬며시 물로 우묵한 자리를 덮는 속도로 간다. 복숭아나무에 연분홍 치마를 걸어두면 어쩌란 뜻인지, 그 몸으로 어디까지 가려는지 봄날은 후끈함만 남기고 간다. 여전 피가 뜨거울 텐데 저 혼자 갔다.

아지랑이가 휘청휘청 허리께를 잘록하게 만들어준 과수댁이 온
다. 처녀 시절 몸매로 온다. 달려들면 못 이기는 척 함께 엎어질 것
같은 얼굴로 온다. 등짝에 풀물 들겠다며 가슴팍을 때려도 아프지
는 않게 때릴 손에 탁주 한 통 들고 온다. 게으른 안개가 아지랑이
와 몸을 섞느라 뿌연 논둑길로 온다. 지나쳐 간다. 등짝 넓은 감나
무집 홀아비에게 간다. 둘이 밤에 뭐했는지 히뜩거린다. 홀아비
향해 오줌 누는 자세로 엉덩이를 출렁거린다. 내 것은 시큼하고
남의 것은 달콤한데 임자 없는 것은 어떤 맛인지 손에 잡히는 대
로 잡풀이나 뜯는다. 이게 치마끈이려니 아귀에 힘을 주다가 빌어
먹을, 돌멩이 집어 던진다는 게 다 큰 암소도 아니고 송아지 엉덩
이에 맞았다. 껌뻑껌뻑, 뭣도 모르는 게 돌아보기만 한다.

오밤중에 개 물 먹는 소리 내며 아랫도리 뻣뻣하게 만들던 과수
댁도 헐거워진 몸으로 구들장이나 지고 누웠다. 젊은 여자 지나
가면 농지거리 한 마디 던지지도 못 하면서 사타구니나 벅벅 긁
던 축들도 몇은 산에 누웠고, 감나무집 홀아비는 지팡이에 끌려
다닌다. 계란 동동 쌍화차나 한 잔 하는 날이 명절이 되었다. 는
실난실 분(粉) 냄새가 흘리는 대로 지나간 봄날을 그려본다. 다방
옆에 자판기 설치한 놈 미워서 제 다방 앞에도 자판기 들여놓은
주인은 어디 갔을까. 그마저도 싱거워진 홀아비가 간다. 봄날을
따라 간다. 따박따박 지팡이 걸음으로는 어림없는 일인 줄 알면

서도 버스가 내달리던 방향으로 간다. 올 때는 오나 보다, 논일에 밭일에 허리 구부리다가 가는구나, 갔구나 탄식만 한다. 봄날도 젊음도 버스 타고 가버렸는데 추억만 터벅터벅 걸어서 간다.

소
리
가
남
긴
무
늬
들

아롱다롱 양수에 담긴 내게 소리란 어룽거림이었네. 우묵배미를 돌던 새벽안개가 칠갑산 올라가며 서성이던 발자국이었네. 장남에게서 손녀만 내리 셋을 얻은 할아버지 자전거 페달이었네. 고모들 수군거림이 앵두보다 많이 열린 우물가였네. 숙부가 집어 던진 다듬잇돌 뻐개지는 소리도 한 조각 섞여 있네. 품앗이 일꾼들 농지거리도 부글부글 끓던 추어탕이었네. 인동에서 물맛 때문이라고 우물까지 퍼 갔다던 어머니 김치 솜씨네. 딸이면 또 어떡하나 너럭바위에 올라갔다가 진땀만 한 줌 쥐고 내려왔다던 어머니 손바닥이네. 가축들 무녀리도 아닌데 체구 작고 착하기만 한 맏이, 내 아버지 발등이었네.

소리들이 담기며 소용돌이로 귀가 되었을 것이네. 설사 딸이어도 자식이니 어머니 조곤조곤 귀를 빚으셨을 것이네. 원형은 아니어서 봄비 소리 동심원만 담길 리 없고 둥글기도 뾰족하기도 해서 새된 소리도 들어왔을 일이네. 어여쁜 소리 먼저라고 어머니가 연골을 몇 번이고 다듬었을 것인데 어리석은 아들은 그럴 깜냥이 못 되었네. 사랑의 말들을 흘려보내고 스스로 빚은 의심들로만 채워버렸네. 세상 어떤 귀이개로도 파낼 수 없는 종양이 번성하고 말았네. 화농이 그득하고 악취만 토사물처럼 게워내는 진원이 되고 말았네.

나는 점점 귀를 잃고 소리는 마음에 무늬들을 남겼네. 어머니 기원처럼 완만한 반원도 아니고 부드러운 물결형도 못 되는 상처로만 새겨졌네. 베이고 찔렸으니 자상刺傷일 뿐이라고 비겁했던 자학을 핑계 삼네. 당신의 성문聲紋만 오롯이 꺼내려 애를 쓴 적 있다네. 심성대로 가지런한 명주실 타래일 것인데, 다림질한 옥양목 손수건이었을 터인데 칼끝 같은 파형만 드러나네. 누구 탓인지 허물할 것 없네. 자초한 이별이었으니 내가 나를 찌른 셈이네. 당신만 원망하느라 이 지경이 되도록 몰랐던 거네. 배냇적 어룽거림을 아쉬워하네. 어머니 기원을 너무 일찍 잃어버렸네. 검버섯 핀 손이라도 귀를 다시 빚어달라 조르고 싶네. 짚이지 않던 통증들의 정체를 알아가는 중이네. 날카로운 것들만 촘촘했던 까닭이네.

결심

한 발 더 디디면 천국이다. 거기는 장엄한 노을극장, 내가 주연인
필름들만 헌정된 명예의 전당이다. 비탈에 미끄러지던 코흘리개
의 검정고무신이 클로즈업되는 화면 가득 어머니 음성이 둥둥 떠
오르는 곳이다. 밥 먹으라는 소리가 연탄화덕 꽁치 냄새와 함께
내려오던 계단이다. 옆집 누나의 속옷이 바지랑대에 쳐들려 나부
끼는 날에는 고개도 들지 못하고 지나치던 모퉁이다. 황금단추
빛나는 중학교 교복을 걸어놓고 어금니도 없이 헐헐 웃던 아버지
의 굽은 등이 잠시 펴지던 문간방이다. 암전되어도 캄캄절벽은
아닌 실루엣의 세계다. 눈 감아도 보이는, 눈을 감아야 비로소 선
명한 얼굴들의 연속화면이다.

석방을 향한 한 걸음이다. 불면의 올무를 끊고 기생 베게보다 더 러운 새벽을 도거리로 내칠 수 있는 기회다.

휘두르지도 못 할 거면서 움켜쥐기만 했던 주먹은
지하철 손잡이에 걸어두었다.
아침마다 사물함에 영치해야 했던 심장을
되찾고야 말겠다.
치욕은 꼬리 감춘 개들의 유물,
비굴은 치욕을 성형한 생필품이다.

재떨이만 오후의 절망을 한입 가득 물고 벙어리 흉내를 낼 뿐 꽁 치 냄새 어룽거리던 계단은 없다. 명자나무 사이로 빠져나오며 잘게 부서지던 노을의 푹신함도 없다. 탄식으로 넥타이를 풀었을 때 일순 혈류의 현기증이 솟아오르는 계단이다. 기다리지 않아도 저녁은 오고 기다릴 때마다 저녁은 오지 않는다.

어둠은 사교성 부족한 동거인이다. 불을 켤 때까지 반겨줄 기색 조차 비치지 않았다가 인사도 없이 형광등 위로 올라가면 그만이 다. 동거인답게 통증이 심한 곳은 알아서 밤새도록 짓누른다. 술 은 사춘기를 벗어나지 못한 친구다. 옥상에 올라 와 함께 취한다. 물리학의 바깥에 있는 공간이다. 어머니의 절규가 먼저 내려간 다. 아버지의 헐거운 얼굴이 황망한 속도로 떨어진다. 너무 커버 린 아들이어서 두 분이 받아내지 못한 것이다.

두개골이 터지고 선혈이 코흘리개 시절의 오줌 문양으로 흘러나온다. 천천히 보도를 적시다가 배수구 앞에서 머뭇거린다. 찾아올 사람 없는데 인사라도 해야 한다는 듯 보안등 불빛에 반짝, 몇몇 얼굴들의 실루엣을 드러내고 있다. 하늘의 달도 참혹했는지 고개를 돌려 반쪽만 보인다.

편도만 고집하는 것들

아무리 기다려도 반대편으로 가는 열차는 오지 않는다네. 승강장을 잘못 선택했다면 다시 후들거리는 계단을 올라가서 건너편으로 내려가야지. 우리는 왜 바보같이 한자리에서 여러 방향을 기다렸나 모르겠네. 들판에 나가면 바람이 이리로 저리로 내 등을 떠밀곤 했었는데 여기는 빌딩 사이에서 느닷없이 튀어나오는 바람만 있다네. 나는 가만 서 있어도 거리의 사람들은 오고 가는데 가기만 하는 게 있으니 열차 아니겠나. 느릿느릿 지나가는 달구지는 올라탈까 말까 망설이게도 하고 어서 타라고 능장을 부려주는 것도 같아 빙그레 웃을 수 있었잖은가. 열차야 어디 그런가. 타려면 타고 아니면 그만이라고 문을 닫아버리네. 한 방향으로만

달리고 돌아오지는 않으니 버틸 수 있으면 그리하라고 겁박하는
것만 같네. 그 강철로 만든 표정 앞에서 나는 이러지도 저러지도
못 하곤 하네.

볏짚은 눈 씻고 찾아도 없고 태풍에 밟힌 벼 같은 사람들만 많은
곳이지. 승강장 소음이나 가닥가닥 엮어 멍석 하나 짜야겠네. 엎
어줄 송아지 등짝도 없고 낡아도 구멍 뚫어 김칫독 덮을 일도 없
네. 오후 내내 공원에서 짊어지고 앉았던 가을 햇살이 질기기는
제일이지. 삼베 몇 필 나오겠지. 멍석은 마당에 깔고 손님들 술상
이나 차리면 좋겠네. 베옷은 내가 입고 곡소리 베개 삼아 누워 있
으면 그만이겠지. 번다한 거 싫으니 다섯 자 병풍도 둘러쳐야지.
반닫이에 봉투 두어 개 넣어뒀다네. 눈치 있는 며느리가 찾아내
겠지. 읍내 정육점 노인네 떠났을 때 부조도 했으니 돼지고기는
상급으로 줄 거네. 고집스럽긴 해도 식성 좋은 염소는 자네가 가
져가게나. 개울물은 아직 풀리지 않았겠지. 버섯 해보겠다고 대
출 받은 아들은 어떤가. 집사람 산에 두고 와서는 홀가분하니 다
방 나들이나 다니겠다고 웃다가 울다가 하던 자네는 또 어떤가.
들어줄 사람 없는 독백이니 유언도 아니라네.

애들이야 여기서 함께 살자 하지만 공원에 나가도 무료하고 한눈
팔다가 손자라도 다치면 그 꼴은 또 어쩌겠나. 애 봐준 공은 없다
는데 손자 데리고 나가는 일이 물 채운 항아리 업고 섶다리 건너
는 것만 같다네. 음식도 밍밍하고 두 내외 문 닫고 싸우나 싶을 때

마다 화장실도 못 가고 기다린다네. 심성 고운 며느리지만 누린내 나는 홀시아버지가 편할 것 없잖은가. 읍내 가게에다 보일러 손보라 해놨으니 내려가려네. 앵앵거리는 구급차 타고 요란스레 떠나기는 싫어 내려가려네. 시간도 기억도 편도만 고집하니 어쩌겠나. 가면 오지 않고, 기다려도 반대 방향으로 지나간다네. 오늘도 아차 하는 사이에 집하고 반대 방향 승강장에 서 있다네. 도착한 열차는 서둘러도 소용없으니 다음 차를 타라고 딱딱한 뒷모습으로 가버렸다네.

　　　열차는 열차라서 편도를 고집한다지만
　　　자네도 나도 앞만 보며 살았던 게
　　　결국 편도를 고집한 거 아니었겠나.
　　　거의 다 온 거 같은데
　　　여전히 아무것도 없으니 허망하단 말일세.

椄접

어둠이 오후의 옆구리에 손을 찔러 넣는다. 골목마다 바람이 내놓은 칼집 따라 자리 잡는다. 난교亂交로 태어났는지 네온들은 본적지를 알 수 없다. 물이 빠지듯 홍건한 하늘은 개펄 같다. 보이지 않는 것들이, 환히 다 알아챌 수 있을 것만 같은 것들이 섞인다. 몸을 열고, 즙을 내고 받아들이느라 앓는다. 저녁은 통증의 정점이다. 별은 누군가가 마련해둔 진통제, 아무도 복용한 적 없는 환약이다. 구하기 어려운 도시에서는 위약僞藥이라고 와전된다. 걸어야 하는 거리를 차로 달린다. 노을의 끝자락을 붙잡으면 계통수系統樹, Tree of life의 다른 가지로 건너뛸 수 있을까.

정사情事 후의 나른함과 고요함이 반반 섞인 느낌, 여명黎明이다. 어둠이 손을 찔러 넣었던 것처럼 빛이 어둠을 감싸 안는다. 다 녹아 없어져도 그만이라는 듯 포옹을 늦추지 않는다. 극심한 통증에 시달린 누군가가 하나둘 진통제를 삼키고 하늘은 비어 있다. 밀물로 차오른다. 이종교배로 괴물이 탄생한 건 아닐까. 좀 더 나은 품종이 되었다고 생각하는 사람들은 일터로 가고 실패한 자들은 또 다른 섞임을 준비한다. 유예를 반복하는 후유증은 권태라고 명명되었다. 불량한 통증은 어둠이 다시 올 때까지 지속될 것이다.

접椄이 필요한 시간이다. 제 몸을 불 지르고 재활할 수 있는 새가 아니라서 어딘가에, 누군가에게 접해야 한다. 작고 떫은 고욤이 아니라 대봉시大奉柿가 되는 것은 나무의 일이라지만 스스로 몸을 찢고 투신할 수 있어야 한다. 나는 당신에게로 당신은 내게로 서로를 자르고 잇댈 수 있을까. 숱한 실패와 좌절은 불가능하다는 증거 아닐까. 고욤으로 살고 싶다면, 그게 나라고 항변하겠다면 비난 받을 일일까. 강박은 기세를 더해가고 고집도 결빙의 시절만큼 견고해진다. 접했던 자리마다 쓰린 폐허다.

바
람
에
게

그만해라. 더는 없다고 저리 몸서리치지 않느냐. 다음 생의 빛깔까지 쏟아내라 윽박지르는 것만 같구나. 저것들 목숨의 순환도 잦아들었다. 제 몸의 물을 내려 캄캄하게 뿌리로만 한 계절을 침잠하려 한다. 두터운 눈꺼풀은 숫눈이 내렸다 가고 자상한 는개[*]가 몇 번이고 어루만진 후에야 열릴 것이다. 어쩌란 말이냐. 작열하던 여름날을 사랑한 단풍은 붉다.

비루함과 고귀함이 이파리 하나의 무게임을 알아버린 은행은 수억 년 황금이다. 새물내 나는 사람 하나 있어 벚나무 등치에 기대선다면 지나간 봄의 신록이 우련 환하랴. 어느 누가 종가의 맏이 같아서 느티나무 촘촘 뻗은 저 손들 하나하나 깍지 끼고 믿음을 주랴.

이제 됐다. 주저앉는 체온을 내남없이 직감하는 새벽인데 찬비까지 덮을 일 무엇이냐. 채근하지 않아도 시절은 내리막에 걸쳐진 굴레미 같아서 그예 가속될 것을 알지 않느냐. 붙들어달라고 덜컥거리며 예년처럼 창을 흔들지 않았더냐. 창을 열고 물끄러미 바라보는 것마저도 허락할 수 없다는 심사인지 찬비를 몰아다 때리는구나. 시절이 빙점 아래로 곤두박질치고 경계병 삼아 흔들리던 이파리들도 버려지고 나면 기척도 없이 목덜미를 후릴 것 아니냐. 고개 숙이고 걷는 사람들 정수리마다 소용돌이가 있으려니 거기 휘말린 인연들이나 찾아주면 어떠랴.

강으로 가라. 거기 허리 긴 갈대들 풍장風葬이나 수습하려무나. 강이 꽝꽝 얼어도 날것들 허기를 채울 수 있게 빈자리나 마련하면 좋겠구나. 나란히 걷는 연인이 보이거든 그네들이 끌어안도록 냉기를 자랑해도 괜찮겠다.

　　　나무와 사람은 슬픔의 속도가 다를 것이니,
　　　종종거리는 우리들만 참담한 계절은 아니니
　　　북으로부터 달려오던 속도를 탓하진 않으련다.

먹장구름을 걷어 가기 싫거든 잠시나마 저녁 무렵에라도 열어주려무나. 내게는 단죄의 표정만을 드러내더라도 내 그리운 사람

망연한 거기에는 붉은빛을 보내면 좋겠다. 내 대신, 그 사람 허약한 안색을 잠시라도 발그레 물들여 주겠다면 미련한 심장이 얼어버린대도 감내할 수 있으려니.

* 는개 : 안개비보다 조금 굵고 이슬비보다는 가는 비.

　　악마는 신보다 부지런하다.

잊을 만하면, 이제 없는 존재라 절규하고도 한참이나 지나 잠시 손을 내미는 신과 달리 내 곁을 떠나지 않고 속삭인다. 때론 친구 같고 때론 어느 쪽이 악마인지 분간할 수 없다. 결국 절망으로 추락하는 두 개의 문을 보여준다. 따듯한 손을 내밀지만 잡는 순간 화염에 쌓여 분멸焚滅하게 될 것이다.

서너 발 길이의 죽창에 폐부를 찔린 채 끝없이 도주해야 하는 밤을 만나기도 한다. 고통도 잦으면 익숙해지는 것일까. 두려움에 오래 길들여지면 타인의 공포 따위를 외면할 수 있다는 말일까.

뇌에는 근육이 없는데도 나는 왜 단련된다는 새로운 두려움을 키워가는가.

　　신은 어디 있는지 하늘은 먹장구름뿐이다.
저 강을 건너야 할 터인데 사위는 먹빛이다. 신과 가까이 지나다니는 달이 보다 못해 구름을 밀어젖히고 빛을 뿌린다. 지금이라고 푸른 음성을 내게 보낸다. 어쩌랴. 부지런한 악마가 이미 내 안에 있어 천재일우의 기회일지라도 마음이 그리 움직이지 않는다. 울대를 태우던 갈급을 감추고 전신을 무기력으로 적셔놓은 건 악마의 소행이다.

지금 말고는 건널 수 없다는 다급함과 함께 지금은 손가락 하나도 움직일 수 없다는 절망이 협주하는 밤이다. 나는 이미 둘의 보법譜法에 익숙해져서 흔들리고 멈칫하고 가만 누워 있기도 한다. 나는 절망의 영토를 장악한 거주자다. 다만 혼자일 뿐이다.

　　살아내는 일도, 사랑도 석유가 흐르는 강을 건너는 거다. 보름달 환한 밤에는 무기력에 잠겨 있다가 하필 그믐에야 견딜 수 없어서 배를 띄우는 것일까. 악마의 장난 아니고는 설명할 길 없다. 일인용 배를 띄우고 급류 한복판에서 휘둘리게 된다. 두려움에 횃불을 켜는 순간 끝장이다. 분멸하는 것이다. 바닥에는 이미 실패한 자들이 그슬린 얼굴로 쓰러져 있을 것이다. 오그라든 얼굴근육으로 빈정거릴 것이다. 너도 별수 없었다며 단단하게 익은 눈동자를 굴릴 것이다.

아아, 나도 당신도 몰랐다. 악마의 한 수는 강 이외에 길이 없다
고 착각하게 만든 것이다. 그믐밤에 석유가 흐르는 강을 건너야
겠다는 확신을 심어놓는 짓이다. 비참miserable한 자신에게도 기회
가 왔다고 달려가게 하는 거다. 신은 가끔씩 강변을 지나간다.

겨울에게 보내는 주문서

생채기 난 둥치가 서서히 메워지는 모습을 본 적 있으시지요? 나무는 오래도록 아파하고 잠간 웃습니다. 어쩌면 만개하는 한때를 위한 무대로 쓰기 위해 그늘을 넓고 깊게 펼치는 것인지도 모릅니다. 선혈도 스러지고 황금이었다가 퇴색했으니, 느리지만 소멸로 가는 중입니다.

내부의 문제일까, 아니면 공전하는 별 위의 불가피한 운명일까, 마음의 갈래가 많아집니다. 현재란 과거의 조각들 위에 덧칠하는 그림인 것처럼 이번 겨울도 지난 겨울의 폭발에 의한 유탄이 날아온 거라 생각합니다. 나무들마다 관통상을 남깁니다. 참혹한 까닭에 한 해를 건너뛰는 방법은 없나 묻고 싶습니다. 격세유전인 양 홀수 해에는 겨울 없이 가을만 오래도록 찬연하면 좋겠습니다. 와르르 무너지는 낙엽 말고 의미를 담고 그리운 얼굴을 새길 수 있도록 천천히 하나씩 떨어지는 가을 말입니다. 그네들 습성대로 느리게 이별할 수 있기를 희망합니다. 짧은 만남과 긴 이별에 시달리는 제가 감추는 이율배반은 모른 척 덮어주시기 바랍니다.

바람은 배알 없는 정치인 습성이라서 눈치로만 거리를 질주합니다. 후텁지근했던 시절이 엊그제만 같은데 벌써 안색을 바꾸고 칼을 꺼냈습니다. 책임 없는 택배원인지 문을 여는 순간 냉기를 퍼붓고 돌아갑니다. 넌지시 한 마디 먼저 건네면 고맙겠습니다. 비탈이 버거운 달동네 노인께 퍼부을 폭설일랑 창 넓은 찻집으로 변경 바랍니다. 마당에 백목련 한 그루 그윽한 노인정이라면 꽃숭어리 대신 얹어도 됩니다. 화장실도 없이 몰려 사는 곳의 공동 수도는 얼리지 말고 조무래기들 깔깔거리는 개울이나 탄탄한 빙판으로 열어주시면 맞벌이 엄마들의 걱정도 덜어질 겁니다.

새벽일 나가는 이들의 목도리는 들추지 마시고 호떡장사 부부의 천막도 찢지 않았으면 합니다. 공원 벤치에 나란히 앉은 연인을 만나거든 둘이 포옹할 때까지 힘자랑을 해도 괜찮습니다. 춘화처리*도 아닌 마당에 괜한 심술로 개나리 진달래를 현혹시켜서 선달에 꽃피우는 황망은 이제 끝내야 합니다. 주목이나 향나무처럼 풍성한 상록수들 어깨에 올려놓는 눈이야 누가 뭐라겠습니까만, 그네들 어깨를 찢는 참혹까지는 아닙니다. 아름다운 자해라는 어휘도 나무의 입장에서 다시 생각해야만 합니다. 주문이 많아 미안합니다. 목도리 여미랴, 미끄러운 길 조심하랴, 다급한 까닭이니 온실에 들어온 12월처럼 너그러이 이해 바랍니다.

* 춘화처리春化處理 : 가을보리를 봄에 뿌리면 수확이 줄거나 전혀 없게 된다. 이를 예방하기 위해 씨앗에게 겨울을 보낸 것처럼 저온처리를 하는 것, vernalization.

시절을 아는 나이

단감 붉어지면서 철든 바람은 살랑살랑 할아버지 따라갔다. 들깨 까부르는 옆에서 입김이라도 불겠단다. 구수한 냄새를 여울 건너로 날려 누렁이 약도 올리면서 눈 어두운 노인네 대신 잔돌도 골라내겠단다. 도금 벗겨진 양철지붕은 오래전 미리 붉어서 감이파리 떨어져도 분간할 길 없다. 저승꽃 만발한 주인하고 함께 늙어서 짧은 가을비에도 검은 눈물을 흘린다.

따끔한 성질머리로 머위 이파리나 채근해 늘어뜨리고 무논을 쩍쩍 갈라놓던 땡볕도 시절을 아는 나이가 되었다. 바람이 들깨밭에 간 사이에 빨래도 말려놓고 덜 닦인 툇마루 나뭇결도 이리저리

짚어보며 헐렁해진 할머니 손목을 안타까워하는 것이다. 도무지 늙지 않는 땡볕이지만 한평생 밭고랑에 허리 굽힌 등허리를 종일 토록 내려다본 까닭에 모른 척 넘어갈 수 없는 나이가 된 것이다.

부자도 아니고 애옥살림도 아닌 집 형편인 양 대님 매기엔 길고 허리띠 하기엔 짧은 끈으로 대문을 여며놓았다. 할머니가 박꽃이 었을 때 치마끈이 저랬을까. 외간 남자가 보면 도무지 풀릴 것 같 지 않지만 서방님이 슬그머니 당기기만 해도 부끄러울 새 없이 흘러내리던 그 밤들을 가지 말라고 붙들고 싶은 마음일까. 집배 원은 약속인 듯 전기세 고지서를 돌돌 말아 옹이 빠진 구멍에 끼 워놓고 갔다.

회관에 모인 할머니들 호박을 깎는다. 조숙한 무도 뽑아다 쫑쫑 썰고 있다. 오가리 만들어 서울 것들 오면 보내자고 틀니 덜컥덜 컥 웃는 사이 들깨 반 말 지고 할아버지 돌아온다. 고샅을 꿰고 있 는 바람이 먼저 가 문을 흔든다. 치마끈 당기듯 여며진 끈을 당긴 다. 누르스름 잘 늙은 마당이 떨어진 속바지를 뺨에 얹고 헐헐 웃 어 반긴다.

이럴까 봐 당신을

눈가에도 노을이 번지던 가을이 가고, 월훈月暈이 차가운 얼음덩이만 같은 가을의 뒷모습도 갔다. 대처에서 돈 벌어 오겠다는 당신을 배웅했던 신작로 먼지가 아직도 내겐 부옇다. 몸피 앙상한 나무들의 각질을 본다. 양말을 신을 때마다 번지는 살비듬이 여기까지 살아온 나날들의 합산보다 무거운 아침이다. 기억은 왜 무게를 감췄다가 드러내곤 하는가. 견딜 수 없는 압력 때문에 어둠마저 진액을 쏟고 묽어지는 새벽이다. 하루를 다 걸어도 급식소 식판보다 가벼운 오후다. 짓눌려 통점마다 불이 붙는다. 허전해서 찾을 때마다 종적을 감춘다. 이러니 하루하루 공원을 돌며 생각해봐도 기억이란 저 혼자 오고 가는 가을비다.

손등의 흙을 씻어낼 틈도 없이 닥친 재회였다. 돈 벌어 오겠다더니 몸도 마음도 탕진하고 돌아온 당신이었다. 배추밭에 허리 구부리며 서리를 함께 밟았다. 농자금 이자에 쫓기며 또 몇 년을 들깨밭 고랑만 긁었다. 아들 하나 만들어서 죽순처럼 키웠다. 에미가 다녀온 대처로 공부하러 가고 돈 벌겠다고 자리 잡았다.

당신은 혼자 누워서 집을 나가고 산에 혼자 누웠다. 안주인 잃은 땅콩밭은 소출이 줄고, 여미고 또 여며도 배추는 속이 들지 않았다. 마당에 떨군 눈물은 우물로 스며 감감하게 고여 있다. 낯익은 바람이 지나도 물결인사 한 번 없다. 어둠은 저녁마다 뒷산 비탈을 쏟아져 내리고 휩쓸린 대밭도 휘우듬하다. 혼자서는 막아도 막아지지 않는 그림들이려니 맥 놓고 생각해보면 추억이란 곁에 있는 사람이 버텨주는 밀물이다.

이럴까 봐 당신을 보내지 못한다 했다. 누워 나가는 당신을 한사코 가로막은 까닭이다. 혼자 남아 지키던 양철지붕을 두고 왔다. 당신이 돈 벌어 오겠다던 곳, 아들이 돈 벌겠다고 자리 잡은 곳에 올라왔다. 자식을 이길 수 없으니 불려 왔으나 추억을 이겨낼 방법도 없으니 도피한 셈이다. 꽃무늬 포플린 원피스 입고 종종걸음 했을 당신에게, 누비바지에 목도리 감고 휘청거렸을 당신에게 손짓해본다.

이 공원이 그 시절엔 판자촌이었다던가. 골목마다 연탄재 탑을

쌓던 가스중독의 내리막이었다던가. 아들이 눈을 감춰도 며느리
가 핀잔해도 여기까지 나와 급식소 점심을 먹는다. 기억은 장소
도 없고 방향도 없고 무게만 있다. 불쑥 어깨를 누르기만 한다.
이러니 저린 무릎을 두드리며 생각해보면 추억이란 기억에 혼자
쫓기다가 숨어든 골목이다.

씨
뿌
리
기

칼바람은 시계보다 힘세다. 자정도 되지 않았는데 하나둘 셔터가
내려온다. 현실의 문이 닫히는지 쿵, 지옥의 문이 열리는지 처르
릉, 소리로는 분간되지 않는다. 문이 닫히면 불 꺼진 점포는 벽이
된다. 벽들이 늘어서서 새로운 공간을 만든다. 시장통이다. 상인
들은 들어가고 간판의 덜컹거림과 가끔 무언가 엎어지는 소리만
손님이고 주인이다. 헛배 부른 천막이 바람을 부른다. 어머니 일
을 돕는 효자인 양 초롱초롱하던 전구는 감감 처음부터 맹인이었
던 것처럼 눈을 감았다. 청색 비닐포장에 쌓인 과일들은 어제와
부피가 별반 다르지 않다. 고무 바가 아버지 자세로 이리저리 붙
들고 있다. 내 식구 하나라도 흘릴 수 없다고 어둠 속에서 힘을

쓴다. 포장 안의 과일들은 서로를 껴안고 밤을 견딜 것이다.

깡통난로 앞에서 어지러운 손금을 말리는 중늙은이들이 있다. 드럼통난로에 휘우듬한 등짝을 지지는 가장들이 있다. 끈 떨어진 방한화로 난로나 툭툭 차보는 젊은이들이 있다. 그들의 인상이 구겨진 것은 연기 때문이라고 변호하고 싶다. 순두부 아줌마의 허리보다 두툼한 농담이 한 순배 돌아간다. 불황 속에 저 혼자 대목이라고 난로는 입이 미어지게 땔감을 물고 있다. 점포는 닫히고 출근시간도 남았고, 잠을 위해서만 유용한 시간에 떨고 서 있는 사람들이다. 난로 불빛에 그들의 손금이 환하다. 어지러운 갈림길을 잘못 들어선 죄인지, 어디를 선택했어도 새벽잠 털어내는 팔자라는 말인지 가늠할 수 없이 잔금이 많다. 어둠은 투명한 칼날들이다. 새벽 인력시장은 무방비로 노출되어 있다.

가을보리였다면 이들은 시절을 잘못 만난 셈이다. 가을보리여서 해마다 춘화처리를 하는데도 결실을 맺지 못한다면 불량한 토양을 만난 까닭이다. 게으른 농부나 종자 탓하는 법이다. 죄 없는 사람들이다. 겨울을 견디는데도 봄은 오지 않고 봄이 와도 남의 것이다. 난로에 손금을 비추며 사주를 짚어봐도 답이 나오지 않는다. 어제도 공짜로 들이댔다는 핑계로 난로는 함구한다. 몸통 찌그러져 굴러다니는 제 신세나 그 앞에 쪼그려 손바닥 펼치는 중늙은이나 다를 바 없는 것이다. 이들을 어디에 언제 파종해야 결실을 볼 수 있는지 아무도 모른다.

걸늙은 가을보리 한 줌으로 만석꾼이 될 리도 없지만
뿌린 만큼의 결실은 있어야 한다.
오래도록 겨울을 지나며 춘화처리를 반복당하면서도
봄이 없는 시절이다.

농부도 아닌 사람들이 이들을 불량한 씨앗이라고, 파종이 틀렸다
고 힐난하는 세상이다.

허공에 번지는 무늬를 본다. 가지들의 방향을 균열이라 부르겠다. 저 허공은 비루한 생의 비애가 은둔하는 공간이어서 자칫 누설될 수 있는 거다. 그 틈을 막으려 신은 나무들을 세운 거다. 바보처럼 인간을 사랑하는 신이 대지에 가득 나무들을 세웠던 거다. 이파리들은 균열의 양단을 붙들고 틈이 메워질 때까지 열심히 양분을 받아들이는 거다. 소용없는 소명을 위해 땡볕을 견디고 가지들을 키워내는 거다. 가지만 남은 나무란 허공의 균열을 틀어막고 서 있는 자세인 거다. 앙상하게 두어 뼘 더 뻗어 나간 가지들을 보며 누군가는 균열의 확장을 감지하겠지. 그의 시선을 겨울이라 부르겠다.

지금이 그런 시절이다. 뻐근하게 건너가며 자신의 내부에도 번지는 균열을 느끼는 거다. 때로는 탄식하며 돌아보기도 하는 거다.

탄식은 하늘로 올라가 뭉쳐진다. 바보여서, 아직도 인간을 사랑하는 신이어서 주인에게 되돌려줄 수 없으니 바람을 부르는 거다. 바라보며 절망하기 전에 서둘러 지워주는 거다. 인간의 높이에 균열이 있고 신은 그 자리들을 메우려 진력하지만 일상의 탄식이란 그보다 가늘고 투명해서 쉽사리 떠오를 수 있는 거다. 그러니 결국 슬픔이란, 누설도 기미도 아니고, 아지랑이처럼 현기증의 무게마저 버리고 떠오르는 구름이다. 희고 검고 회색인 덩어리들을 붉게 퇴색시키며 너희들 것이 이렇게 녹슬었으니 잊으라고 펼쳐주는 위안을 노을이라 부르겠다. 그마저도 봉합하려 팔을 뻗는 나뭇가지들에게 손목이 시리지 않느냐고 물어보겠다.

내일은 어둠이 걷히기 전에 나가봐야겠다. 바보 같은 너희들의 신이 오늘 치 빛을 마련하는 사이에 잠깐 쉬라고 말해주겠다. 그런 생각으로 마음만 바빠지는 일요일 밤이다. 어쩌다가 나뭇가지는 허공의 균열을 메우는 중이라는 이미지 하나로 일요일 오후를 보냈다. 어제는 잠시 세차하러 나갔다 왔고, 오늘은 종일 현관 문고리도 만지지 않았다. 시간은 햇빛이 거실을 한 바퀴 돌아 나가는 속도대로 천천히 흘렀지만 한순간도 그 자락을 잡아보지 못했다. 나는 왜 이러고 사나. 수북이 쌓인 책을 보며 한탄하고 서둘러 시집 두어 권을 읽어내고 빠짐없이 보던 시사주간지의 놓친

부분을 챙겼다. 종일 컴퓨터 앞에 앉아 클릭이나 하니 오른손이 마비되는 거 같다. 죽어라 자판을 두드리니 손목의 감각이 없어진다. 수시로 발코니에 나가 담배를 피워대니 목이 깔깔하다.

저기압의 중심부에서 벗어나지 못하고 산다. 풍경의 변방을 기웃거리며 문장이라도 하나 주워볼까 눈을 굴린다. 오늘 내가 뱉은 탄식은 어디쯤 올라가고 있을까. 분명 회색이었을 것이다. 내일은 눈이 온다는데 거기 휩쓸려 내려오는 건 아닐까. 그 눈을 맞으면 쇄골 하나가 부러질 것만 같다.

완성이라는 껍질을 벗기면

아침 아홉 시, 익숙한 무게감을 소파가 알아차린다. 여인의 체중이다. 좀처럼 가벼워지지 않는다. 조금씩 무거워지는 것만 같다. 어쩌면 이 무게까지 더한 것이 소파 자신의 중량이라고 생각하게 될지 모른다. 소파는 완성되는 중이다. 조무래기의 걀걀거림이 가죽을 무두질한다. 쉴 새 없이 흘러나오는 텔레비전의 대사가 당초무늬를 조각한다. 휴일엔 아예 합체할 듯 전신으로 누르는 남자와 보내기도 한다. 반쪽만 어루만지다 가는 햇빛의 무정함이 건너편 아파트 그림자 때문임을 알았다. 짜증스런 과자 부스러기 덕분에 개미가 자신을 갉아대지 않는다는 사실도 다행스럽게 받아들였다. 캄캄한 거실에 혼자 있는 시간이면 초침 소리가 쿠션

솔기마다 한 번씩 짚어주고 여며준다. 탄식과 눈물과 때론 격렬한 섹스의 출렁거림이 거기 전부 들어 있다. 어디에 정착했느냐의 문제일 뿐 가족의 부산물이 전부는 아니다. 완성은 오랜 견딤이 필요한 것이다.

콘크리트 양생을 마치고 아스팔트까지 덮었다면 그 다리는 준공된 것이지 완성이 아닌 거다. 다리는 어떻게 완성되는가. 하중이 필요하다. 새벽길 떠나는 이가 돌아보고 머뭇거리던 마음의 무게가 얹혀야 한다. 뛰어내릴까 참아낼까 생사의 갈등이 부글거리며 난간에 뒤엉겨 있어야 한다. 눈물을 흘리며 건너던 이의 참혹이 오래도록 다리 기둥을 타고 내려가야 한다. 이런 하중들이 다리 상판을 누르고 기둥을 단련시키고 지반을 다져야 비로소 다리는 완성된다. 발로 다리를 건너는 동안 마음을 흘리게 된다. 소파에 앉았다 일어나도 무언가를 남기게 된다. 그러니 소파를 짧은 다리라고 부르겠다. 밤을 새며 앉아 있을 수도 있으니 긴 다리라고 부르겠다. 생각은 천 갈래 만 갈래로 흩어지고 모이고 세상 어디든 단박에 다녀오곤 한다.

누군가가 내부로 들어오면 새로운 장기臟器가 생기는 거다.
내장과 달라서 순환이 아닌 저장만을 지속한다.
나는 이 예민한 장기에 모인 것들을 사랑이라 부른다.
그러나 어느 날엔가 이 기관은 저장을 중단당하고 누설만을 지속한다. 나는 이 통증을 그리움이라 진단하겠다. 참혹이라 주장하는 사람이 있다면 그에 동조하겠다. 절망이더라고 회상하는 사람에게 술 한 잔 권하겠다. 소파는 그렇게 채워져 바깥으로 나온 것이다. 공터 한쪽을 자신의 영역으로 할당 받아 사랑의 완성이 동시에 누설과 통증으로 변하는 것처럼 스스로를 해체하기 시작하는 거다. 물소 가죽은 사바나의 작열하는 태양을 회상하고, 등나무 테두리는 만발했던 보랏빛 꽃의 시절을 떠올린다. 강철 용수철은 싱싱했던 제철소 시절이 그리울 것이다. 제각각 어떻게 돌아갈까. 거기까지 걸어갈 무릎은 남아 있는가. 완성된 소파를 본다. 버려진 게 아니라 충만한 기억의 총합을 만나는 거다. 공터에 완성품 소파가 출품되었다.

뒷짐 지고 능선을 올라가며 산철쭉 선선한 눈매를 마주하고 싶었
다. 느린 길이다. 계곡물과 같은 속도로 바위들 이쪽저쪽을 날다
람쥐처럼 뛰어내리고 싶었다. 빠른 길이다. 청평사 올라가다가
구성폭포를 만났을 때는 뛰어내리고 싶었다. 행로로부터 이탈이
다. 살살이꽃 무리가 수학여행 가는 여고생들 얼굴로 까르르 지
나가는 길에 앉아 있고 싶었다. 휴식이 필요한 때였다. 한참이나
기다린 끝에 온 버스를 타지 않고 그냥 보내버렸었다. 갈망의 반
작용이다. 기성세대는 젊은이와 친해지려 하지만 그네들은 거리
감을 드러낸다. 그러니 시간은 낮은 곳으로만 흐르는 점액질이
다. 때론 묽어서 빠르고 가끔은 호박죽보다 찐득해서 도무지 지

나가 주질 않는다.

시계를 풀어놓다가 세어보니 무려 열두 개나 된다. 고급품은 아니고 명품은 더욱 아닌 것들이다. 길거리에서 산 싸구려는 벌써 낡아버렸다. 각기 다른 길을 걷고 싶었다. 다양한 시간을 살고 싶었다는 거다. 누군가의 시간과 내 시간을 동시에 볼 수 있는 시계를 구입하기도 했었다. 가죽밴드가 묵은 친구처럼 팔목을 단단히 잡아주듯 내가 나의 시간과 밀착되기를 원했다. 착용감 좋은 여름용 시계처럼 내가 나의 시간과 화해하고 친밀하기를 바라곤 했다. 아침마다 차가운 촉감으로 각성시키던 금속줄도 허투루 넘길 수 없다. 왕배덕배 다투며 살아온 날들은 여름날 가죽밴드에서 풍기던 냄새와 다를 바 없다.

> 외길을 가며 신발을 바꿔 신는 행위와
> 시간 위를 표류하며 시계를 바꿔 차는 습성을
> 유비類比라고 할 수 있을까.

나도 당신도 스위치 올리기 전의 LED램프다. 전기신호에 따라 감귤색이 되고 녹색으로 점멸하고 붉음에서 보라로 스러지기도 한다. 누가 내게 신호를 보내는가. 당신을 붉게 만든 원인물질은 무엇인가. 알아도 외면하곤 했다. 알 수 없어서 불면이 켜켜이 쌓인 적 많았다. 미지수는 셀 수 없이 많은데 증명된 방정식은 몇 개에 불과하다. 시간은 감정의 미분微分이다. 나도 당신도 시간의 적분積分이다. 트레킹화와 암벽화가 다르듯 나는 시간 위를 표류할지언

정 그날의 감정에 따라, 계절의 요청에 따라 시계라도 바꿔 착용하는 것이다. 행로가 변하지는 않는다. 당신도 나도 이제 그걸 알아버리고 말았다.

권태와 탈태
倦怠 奪胎

어디 적당한 데 없나. 태백산 정상까지 올라가 백골로 변해가는 주목 가지에 걸쳐두면 괜찮을까. 지나는 새들이 쪼아대려나. 저질 지방이나 잔뜩 엉겨 불쾌하다고 외면하려나. 음습이 밴 덩어리라서 산세 망친다고 욕먹으려나. 울산바위 벼랑 중간쯤 허공을 간질이는 소나무 둥치에 널어놓을까. 거기서 쪽빛 바다에서 올라오는 바람에 염색도 되고 기름기 빠져서 정갈해지려나. 땡볕에 말라버리면 다시 걸치기 힘들 테니까 둘둘 말아서 그늘에 둘까. 혹시나 버섯이 터를 잡지 않으려나. 버섯조차 자생할 수 없는 독극물 수준의 물건이려나.

누가 좀 맡아줄 수 없나. 영원히 내 편이신 어머니께 부탁하려니 대성통곡에 혼절하실 일이네. 아들들이야 아직 철이 없으니 어리둥절해서 세탁소에 보내는 거 아닌가 몰라. 집사람한테 들키면 일만 복잡해지지. 그러니 과묵하고 세상물정 다 아는 누구 없을까. 그러려니 눈웃음 한 번으로 받아줄 사람 말이지. 그럴 때 있으니 서두르지 말라고 손이라도 한 번 잡아줄 사람을 찾지만 요원한 일이네. 안색을 보면 모르나 그래 거꾸로 내게 부탁하는 사람도 있더군. 그이도 오죽하면 그랬겠어. 내 그 심정 안다. 알고 말고, 아무렴.

이 거추장스런 육신을 벗어놓고 말이지 남태평양 어디론가 사나흘 낚시나 갔으면 좋겠어. 비자도 돈도 필요 없고 끼니 맞춰 먹느라 허둥댈 일 없을 테니 홀가분하고 그만이지. 허공을 가르며 날아가는 라인에 마음을 싣고 수면 아래서 루어를 쫓는 녀석들과 한판 벌이는 거야.

　　나는 놀이고 너는 생사를 걸었으니 미안하구나.

　　허나 내가 떠난 곳에서는 나도 물고기였단다.

　　사흘만 나하고 놀자.

　　사흘만 내가 네 목숨을 좌지우지 흔들다 놓아주고 가마.

힘차게 물고 돌아서 봐라. 나도 육신을 벗어놓고 왔으나 돌아가서 되찾아 입을 확신은 없단다.

맹그로브 숲을 지나며 바닷물도 민물도 아닌 나를 발견하겠지. 강파리하게 짜다고 하기에는 싱겁고, 싱거운 놈이라 비웃으려니 짠맛이 도는 주변머리 말이야. 왜 이러고 사는지 몰라. 이렇게라도 한바탕 뒤집고 싶은 건지도 몰라. 땡볕은 등을 할퀴고 물은 이제 끝장이라고 입을 벌리는데 나는 루어를 물고 늘어질 물고기만 생각하네. 여기서는 다 잊고 물고기만 생각하려네. 지금쯤 난리가 났는지 몰라. 있으나 없으나 식구들 말고는 아무도 모르려나. 돌아가면 슬그머니 내 거죽을 찾아 입고 아무 일 없었다는 듯 빙그레 웃어야지. 좋은 일 있느냐고 누가 물으면 너도 해봐라 하고 등 뒤에다 중얼거려야지.

무게와 존재감

한 포기 꽃도 아름드리 거목과 견줄 만한 존재감을 가진다. 배롱나무 그림자가 미륵전을 향해 삼천 배를 시작하는 오후에 금산사 경내를 서성였다. 계곡의 물은 아래로 내려가고 소리는 위로 올라온다. 불이문 열리는 기척도 없었는데 마당 한가득 흐르고 넘친다. 개산開山 이래로 천사백 년을 쌓이고 쌓인 비손들의 골분骨粉인 양 마사토가 버석거린다. 명부전 옆 느티나무 아래 꽃무릇을 보았다. 자존인지 자만인지 이파리 하나 없이 꽃대만 한 줄씩 세워 불덩이를 얹었다. 모악산이 단풍으로 덮일 때쯤이면 흔적도 없이 스러질 것이다. 그러나 폭설 속에서도 저 꽃대와 붉음을 기억하는 이 존재하리라. 다 잊는다 해도 마지막으로 내가 남아 기

억하겠다. 느티의 몸피와 그늘의 넓이에도 담연淡然한 듯 곧은 꽃
무릇에서 시詩를 본다.

장편소설 한 권과 시 한 편이 동일한 무게를 가져야 한다고 생각
한다. 시가 그만한 위의威儀를 담는다고 믿는다. 스스로 세운 명제
를 증명할 재능은 없으니 시가 힘들고 시 앞에 겸허만 남는다. 감
각기관 전부를 열어놓고 산다. 천 개의 눈을 다 꺼내 걸어두고 고
막은 산 하나를 덮을 크기로 확대시킨다. 바늘쌈지에 손을 넣는
마음으로 촉감을 키운다. 달팽이처럼 제 안의 뼈를 꺼낼 수 있다
면 그릇 하나 마련하련다. 빗물이 담겼다가 마르고 산벚나무 이
파리가 들렀다 가고 먼먼 사막의 황사도 풍장의 흔적을 남겨둘
것이다. 결빙의 기억과 함묵의 습성으로 굳어지련다. 절망의 소
용돌이가 멈추지 않으면 뻐꾸기 게으른 울음이 당도할 때까지 기
다렸다가 줄탁啐啄하듯 와르르 부서져도 그만이겠다.

맨발은 슬프다. 석가가 가섭에게 보여준 맨발도 이승에서의 이별 증명이었으니 깨달음에 앞서 슬픔의 둔탁한 충격이었을 것이다. 맨발로 세상을 디디는 행동은 언제까지인가. 장갑보다 신발을 먼저 신게 되는 신생아를 보더라도 우리는 맨발을 잃어버리고 사는 것만 같다. 아니, 맨발로 견딜 수 없는 세상이다. 건강을 위해 잠시 맨발로 걸을 수 있는 지압산책로가 있을 뿐이다. 전신의 슬픔이 무게를 견디지 못해 고이는 곳이 발이다. 부유하는 마음을 따라 어디든 디뎌야 했던 기억의 저장소가 발이다. 슬픔의 행로를 지도로 새겨둔 곳이 발바닥이다. 손바닥과 달리 건드리면 간지러운 것도, 발바닥이 웃음에는 익숙하지 않다는 증거다. 그래서 누군가의 맨발을 보는 일은 서글픈 화집의 첫 장을 넘기는 것과 같다. 상형문자와 비슷한 그림이라서 번역본 없이 즉각적으로 들이닥치는 저온이다.

처음엔 벤치 모퉁이에 앉았다. 사내는 혼자이고, 우리가 흔히 그렇듯 왠지 가운데 턱 앉기에 머쓱한 기분이다. 신발을 벗는다는 건 멈추겠다는 무의식이다. 생각의 흐름이 제 알아서 가도록 연줄을 한정 없이 풀어주는 마음이다. 어디까지 가겠는가. 이 별을 벗어나더라도 결국 몸과의 끈이 끊어지면 망각이고 끈에 당겨져 돌아오면 현실이다. 무안한 마음을 누르며 잠시 누워버린다. 그러다가 기왕 엎질러진 마음인 양 다시 일어나 아예 외투를 벗어 덮는다. 몸은 혼곤하게 오수에 빠지고, 발은 여기까지 걸어온 길을 복기하는 중이다. 서로 밀치고 밟히던 악다구니의 지하철과 광장의 습습한 햇빛을 떠올린다. 시장골목에서 묻혀 온 오후의 비린내도 번진다. 엄살 심했던 철제계단의 삐걱거림이 사방연속 무늬로 새겨졌다. 말끔한 바닥만 디디던 시절의 왁스 냄새는 희미해진 지 오래다.

　　　주인은 자고 발은 깨어 있다.
　　　누가 주인인가.
　　　발은 깨어 있고 거기 얹혀 세상을 부유하는
　　　몸은 잠들어 있다.
오후는 저 혼자 시틋해져서 나무그늘이나 잡아당긴다. 아이들 수

192

런거림과 이파리들 부대끼는 소리가 섞이며 희미해진다. 분수는 제 키만 자랑하다가 바닥으로 추락한다. 거슬리던 자전거 경음기 소리도 들리지 않는다. 냉기는 동작이 굼떠서 움직이지 않는 것들에게 쉽게 달라붙는다. 꿈은 무작위 편집본으로 맹렬히 상영 중인데 영사기의 온도는 내려간다. 서서히 팔이 저려오고 바늘로 찌르는 듯한 통증이 어깨를 덮으며 몸을 깨운다. 눈이 부시다. 오수로부터 현실로 돌아오는 길목엔 잠깐의 통증이 있다. 어디든 지나가려면 감내해야 하는 통증 말이다. 청소부의 비질에도 지워지지 않을 졸음이 벤치에 혼자 남았다. 맨발은 묵묵히 신발 안으로 숨어들었다. 다시 가야 할 곳이 있다는 표정으로.

맑은 거울을 찾아서

화
살
이

아
닌

화
살
표
라
서

다
행
이
지
만

오래 걸은 자는 발목에 행로의 길이가 들어 있다. 발바닥엔 지나
온 갈림길들이 지도처럼 새겨진다. 먹이나 짝짓기 이외의 방황을
모르는 짐승들은 그런 흔적도 없는 것이다. 달리기 위한 발굽만
가지기도 한다. 때론 짐승들이 부럽다. 발굽을 가졌다면 하루를
방황하고 돌아와 발을 씻으며 복기할 일 없지 않겠는가. 어쩌다
박혀 따라온 마사磨砂 조각 하나야 창밖으로 던져도 그만 아니겠
는가. 내가 당신을 따라갔다가 그리 던져졌을 때도 많았다. 그러
니 나는 저녁이 와도 발바닥을 들여다보지 않는다. 시린 발목을
눌러보거나 발등에 남은 신발자국이 따뜻한 물속에서 서서히 사
라지는 시간을 보낸다. 사라지는 무늬와 함께 희석되는 당신의

말과 어느 누군가의 험담을 떠올린다. 길 위에서 묻은 것들은 돌아오기 전에 버려야 하는데도 방으로 들여놓곤 한다. 그것들의 수군거림에 잠마저 설치곤 한다.

속도보다 방향이라고 아는 척하며 살았다. 헛되이 버린 신발도 많으면서 방향이 중요하다고 충고한 적 있다. 그나마 똑바로 걷지도 못 해 굽도 한쪽으로만 닳았는데 남의 걸음을 탓하기도 했다. 뇌졸중 환자처럼 마음은 정면을 바라보면서 정작 걸음은 갈팡질팡거렸다.

　　탓할 사람 누구도 없다.
　　말이란 하는 자의 예각이 문제가 아니라
　　듣는 자의 처리방식에 따라 달라지기 때문이다.

환경도 스스로 존재하고 변해가는 것이니 나만의 고난은 아니겠다. 고라니는 가시나무를 제 알아서 피해 가고, 토끼도 개울을 만나면 흔쾌히 발을 적시고 지난다는 거다. 어디로 어떻게 가란 말인지 알 듯도 하고 캄캄하기도 하다. 분명 올바른 길임을 알면서도 거부하고픈 마음은 왜 또 웃자라는 잡초처럼 무성하단 말인가. 분명하고 단순해지면 좋겠다. 그럴 수 없다면 구불거리는 궤적을 인정하고 익숙해져야겠다. 허나 화살표를 만나면 안도감보다 의문이 먼저 올라오는 심사를 마음의 어느 서랍에 넣을지 모르겠다.

어디로 가란 말이냐. 표정도 없이 완강하구나. 너를 믿어도 된다는 뜻이냐. 오래 낡도록 바뀌지 않았구나. 골목을 도는 순간 바다가 펼쳐지면 좋겠다고 생각한 적 많았다. 내 피의 비린내가 거기서 연유했을 거라고 믿었다. 내 몸의 염도가 바다와 같아서 서로를 당기는 거라고 주장하곤 했다. 언덕을 오르면 캄캄한 숲의 너머가 보일 거라고 나를 달래던 때도 있었다. 달래며 두려워하기도 했다. 음습한 자리마다 솟아나는 버섯처럼 숲의 어둠이 외려 다행인 걸 숨기고 걸었다. 지정하지 마라. 버겁단 말이다. 지시하지 마라. 항거라도 해야 할 것 같단 말이다. 겁박하지 마라. 충분히 겪고 살았으니 무시할 수 있단 말이다. 화살표여, 너는 너만을 그리 지정하기 바란다. 습관성 복종인 양 은연중에 따라가지만 언제고 나는 돌아설 수 있단 말이다. 이 도시조차 버릴 수도 있단 말이다.

기
다
리
는
데
오
지
않
으
면
우
리
가

날은 여전 차가워서 여학생 기숙사 뒷문 자물쇠만큼이나 풀어지지 않는다. 햇살은 혹시나 싶어 창 아래를 어슬렁거리는 남학생처럼 먼지 뒤집어쓴 잔설만 지분거린다. 도시의 봄은 어디로 오는지 모르겠다. 온다고 하면 맞는 건가. 아무래도 봄은 스미어 나오고 여름으로 후끈 번졌다가 단풍이 되어 다시 숨어버리는 것 같다. 오는 곳이 있다면 길목을 지켜보겠다만 사방으로 이어지는 도시의 골목에선 방향을 종잡을 수 없다. 들판도 마찬가지다. 저수지 아래 민들레 군락에서 시작되는지 사과밭으로 올라가는 양지뜸 비알에 숨어 있다 올라오는지 가늠할 길 없다. 속으로만 부르니 못 들은 척 지나칠까 걱정이다. 속 깊고 예민하니 가만 불러도 알아들을 것이다. 봄이라 발음하며 입을 다물 때 울대를 넘어가는 파동을 느낀다. 좁은 듯 빠르게 시작되며 천천히 간격을 넓혀가는 고랑마다 붓꽃이라도 한 촉씩 심고 싶다. 파르르, 개화하기를 기다리다 지치면 아주 멀리는 아니게 대전쯤이라도 남쪽으로 내려가련다.

마중물 붓듯 유성온천서 몸을 지지면 내 안의 봄이 올라와 줄까. 까나리액젓에 참기름, 깨소금 얹어서 고춧가루로 조물조물 버무린 봄동을 따순 밥에 얹어 먹을까. 비릿한 봄이 못 이기는 척 입안에 푸르른 파편들을 꺼내놓을까. 남해서 올라온 도다리로 쑥국이라도 끓여 달래볼까. 땡볕이 생각나도록 입천장 벗겨지게 떠먹을까. 온천서 데우고 거뜬해진 걸음으로 호젓하게 갑사에나 올라갈까. 눈치 없이 버티는 잔설을 뚫고 복수초가 노랗게 올라왔을까. 동안거 내내 근엄하기만 했던 얼음장 아래는 행자 같은 버들치가 몸을 뒤챌까. 불 꺼져 꼭지만 남은 감이나마 출출한 까치가 쪼아대고 있을까. 부처께서도 시린 무릎을 봄볕에 데우고 계실까. 선방 마루에 앉아 대웅전 처마를 올려보면 오수에 젖었던 쇠붕어가 봄은 아직 아니라고 딸랑거릴까. 냉기를 지우느라 해쓱하게 닳은 구름이 뉘엿뉘엿 넘어갈 때까지 앉아 있을까. 단청이 꽃밭인 양 마음에 형형색색 물이 오를까.

봄이 늦다면 성격 급한 내가 먼저 봄으로 변신해야겠다. 그니도 스무 살만 하라 해서 거리를 걸어야겠다. 일찍 나와 오들거리는 팬지꽃 꼬맹이들에게 조금만 참으라고 말해주겠다. 아버지 초상에 온 의붓아들처럼 안색이 거뭇한 잔설들에게 눈칫밥 먹지 말고 얼른 돌아가라 일러주겠다. 제 근육만 믿고 달음박질하는 칼바람에게는 힘 빠지면 보자고 으름장 놓겠다. 나란히 커피 들고 공원을 걸어보겠다. 발 시린 오리들 앞에서 내가 그니에게 선물한 어그부츠를 자랑하겠다. 목에 무지개를 감춘 비둘기 보며 사랑하는 우리 둘의 몸에도 저런 무지개가 담겨 있을 거라고 장담하겠다. 차표 끊고 승강장에 기다리며 저 남쪽 방향에서 우리에게로 달음박질하는 봄을 바라보겠다. 아주 멀리는 아니게 서울서 대전쯤 남쪽으로 내려가,

아무렴 그니의 가슴만이야 하겠나만,

봄의 앞섶을 만져보겠다.

너 아니라도 내게는

사철 보드라운 봄이 곁에 있다고 자랑하겠다.

개나리가 노오란 별무더기로 만발할 때까지 익명의 거리를 활보하겠다.

내게는 돌덩이를 보고 그 안에 갇힌 사내를 떠올릴 예술성이 없
다. 나는 정과 끌로 파낸 부스러기를 생각한다. 웃는 얼굴을 남기
기 위해서는 어떻게 해야 하나. 불면의 밤은 견고한 응고를 반복
했을 것이다. 몇 개의 정을 부러뜨린 후에야 털어낼 수 있겠다.
분노로 들끓던 청춘은 시간과 함께 풍화되었을 것이다. 다른 곳
으로 번지지 않도록 주의가 필요하다. 갈망으로 일그러진 육체는
광맥처럼 띠를 이루며 지나갔을 것이다. 끈기로 따라가지 않으면
길을 잃는다. 잃어버린 길을 찾아야 한다는 갈망을 하나 더 추가
하는 셈이다. 원치 않았음에도 퇴적된 것들도 있겠다. 기억은 종
종 이런 형식으로 쌓인다. 제거할 수 없는 부분이다.

어떤 기법으로 비탄을 드러낼 것인가. 반짝이는 부위는 행복했던 시절의 결정질일 것이다. 영롱한 반사광이 생기지 않도록 거칠게 문질러야 한다. 생의 부대낌과 같은 방식이다.

가족이란 사랑의 퇴적물이다. 변색을 감수하고라도 염산 원액으로 씻어야 한다. 또한 가족이란 다정한 폭력의 화석이다. 중심부에 양각으로 남길 영역이다. 참척慘慽을 겪었다면 이 하나로도 비탄은 완성된다. 배반의 독약을 마신 적 있다면 녹아내린 내장의 문양을 새기면 될 것이다. 자신의 전부를 외면하고 사랑을 따라갔다가 혼자 남았다면 악마의 이정표를 가져올 일이다. 뒤집어 작품명패로 걸면 되겠다. 생계를 위해 비루한 자세로 시달린 자는 작업이 끝날 무렵에 일기장을 소지燒紙로 올려도 좋다.

버리고 얻는 것이 있다. 나는 무엇을 버리며 여기까지 왔나. 얻기 위해 버렸는가. 아니면 담담히 버리고 나니 비로소 얻어지는 게 있었는가. 부끄럽게도 목적이 앞서고 결과가 궁금한 인생을 산다. 남겨서 이루는 것이 있다. 무엇을 남길 것인가. 선택은 갈등만 부르고 우선순위를 정할 때마다 내부의 다툼이 끊이지 않았다. 목적을 두고 덜어내기보다는 내 앞에 펼쳐지는 것들 중에 불필요한 부분을 버릴 일이다.

결과는 궁금해 할 필요 없다. 아니다 싶은 욕심을 버리고 정겨운 마음을 깊이 새길 일이다. 석공은 빙그레 웃는 얼굴은 떠올리며 돌을 쪼았겠지만 보이지도 만져지지도 않는 인생이야 어디 그런가. 단지 버리는 일에 진력해야 한다. 조각이란 더는 덜어낼 곳 없을 때 명품이 되고, 인생이란 마지막까지 덜어내는 과정 자체로만 진품이다.

그늘도 폭풍에 지워지던 날

울릉도 도동. 그야말로 옛날식 항구다방에 앉아 어제 찍은 무화과 사진을 본다. 바람이 키웠느니 햇살이 몇 근이나 들었느니 하는 상투적 서정을 들이대기는 싫다. 땀은 쏟아지는데 바람 때문에 피부는 외려 서늘했었다. 안과 밖이 길항하는 대립구도를 나는 조율하지 못하고 다만 앉아 기다렸다. 열기가 누그러지고 바람살도 기세를 줄이고 나는 담담해질 수 있었다. 무화과도 다르지 않았으리라. 뿌리로부터 퍼 올린 물과 맨 얼굴로 쏟아지던 땡볕의 온도 차이에 당황하기도 흔들리기도 했을 것이다. 익으려는 갈급도 아니고 몸피를 키우겠다는 욕망도 아닌 다만 흔들리는 순간들이 무화과를 이루었던 거였다.

나는 조금 더 오래 흔들려야겠다.

두려움 없이 흔들리고 침잠해야겠다. 항구다방엔 돌아갈 얼굴들이 푸석하게 모여 있다. 생면부지의 사람들인데 집이 먼 곳에 있을 것만 같다.

반복되는 일

돌아보면 벼랑 아닌 곳 없었다.

구름을 겨누느라 무릎 깨진 적 많았고, 발 아래 돌부리를 살피느라 꽃을 지나치기도 했었다. 걸음걸음이 벼랑이었음을 돌아보는 시간에야 알아챌 만큼 미욱하고 욕심만 많았다. 남은 길도 벼랑일 터인데 나는 무엇을 움켜쥐려 이러고 사나 모르겠다. 언젠가 다시 돌아보는 날에는 지금보다 덜한 후회였으면 싶다. 파도는 점점 기세를 올리고 노을은 나를 비껴간다.

가만두면 제자리를 찾는 것들

갈참나무 아래 숨어 있던 어둠의 빗장이 느슨해지는 시간이다.
물매 심한 산길이지만 발써 익은 곳이니 어둠보다 한 걸음 앞서
내려갈 수 있겠다.

　　산이 어깨를 열어준 자리에 앉는다.
　　몸만 바꾼 일족이라고 서로 안타까운지
　　산 아래 공릉저수지로 저녁안개가 몰린다.
　　풀이불 덮고 누워 계신 아버지와 내가 다르지 않음이다.

고압선에 감전된 구름은 붉은 얼굴로 견딘다. 철탑의 우락부락한
어깨를 생각하면 얼마 버티지 못할 일이겠다. 늦게 핀 개망초나

흔들던 바람도 잠시 주춤거리고 저희들끼리 수군거리는 억새도 머리칼을 고른다. 어느 것 하나 쓰임새 없는 것 없다. 어지러운 듯 가지런한 풍경 앞에 내 안의 서랍들을 생각한다.

잔욕심 때문에 하 많은 서랍이 필요했다. 차고 넘치는 것들 때문에 자주 다니는 길가의 벚나무 그늘에 두어 개, 헛헛할 때마다 찾아가던 호수의 수면 아래에 서너 개 더 만들어두었었다. 다시는 꺼내 보지 않겠다면서 손 닿는 자리에 넣어둔 얼굴이 있다. 하나뿐인 마음을 내게 건넸을 텐데 그걸 나는 어디 두었는지 찾지도 못 한 적 있다. 나 역시 전부를 열어준 사람이 있었고 이후로 빈 서랍은 다시 채우지 못했다. 그 칸들은 그대로 두려는 마음에 애써 외면했는지도 모른다. 이제 어디가 빈자리인지 종종 헤매기도 한다.

생각만 많은 아비를 만난 까닭에 외롭게 자란 장남이 사진을 찍어주었다. 녀석을 위한 서랍도 여러 가지로 준비해뒀고 그 안에 담아둔 것도 숱하게 남았는데 이제 때를 잃은 것만 같다. 제때 꺼내주지 못한 것들이라 어색하기만 하다. 아버지 산소에 앉아 있었다. 당신께서 그리 좋아하시던 담배 한 대를 돌아앉아 피웠다. 내가 아버지와 그랬듯 장남과 눈만 마주치면 서로 빙글거리고 웃는다.

산밤나무 몇몇을 털어 한 되 가까이 챙겼다. 녀석이 코흘리개 시절에 밤 줍기 행사에 갔던 적 있다. 까르르 밤송이보다 먼저 굴러 내리던 웃음이 들리는 것만 같다. 그러고 있을 거면 저 먼저 내려가며 산길을 캄캄 지워버리겠다고 어둠이 걸음을 재촉하는 시간이다.

설국에 계신 아버지

한 자가 넘게 쌓였으니 사위어 허리 꺾인 풀들은 보이지도 않는
다. 발목은 입춘 지나고 새삼스레 겨울을 실감하는지 한사코 밀
려드는 얼음조각들에 진저리 친다. 미끄러지기만 한다. 세월이
그렇고, 생각이 그렇고, 관계들도 그렇다. 밭은 언덕은 좀처럼 늦
춰줄 기미조차 보이지 않으면서 눈까지 앞세워 길을 막는다. 아
비에게 가려는 아들에게 어차피 늦은 걸음 아니냐는 힐난이라도
하는 듯 무릎을 후린다. 이 산에 한번 올라가면 다시는 내려올 수
없다. 마치 영면에 든 자세인 듯 나무들도 어깨의 눈을 털려 하지
않는다. 눈밭을 허적거리는 나를 내려 보기만 한다. 하늘도 시퍼
렇게 얼어서 새 한 마리 날아갈 틈도 없다. 누가 또 있었을까. 어

느 죄 많은 사람이 있어 폭설을 뚫고 이 비탈을 올라갔을까. 어느 누가 또 그리움에 떠밀려 혹한을 뚫고 찾았을까. 지나간 발자국 위로 다시 눈이 내려 우묵한 자국들만 남았다. 저렇게 자취를 남기고 이렇게 소멸하는 거라 생각하며 자리마다 다시 밟는다.

이십 년하고도 한 해가 더 지났다. 아버지는 이제 꿈에서도 모습을 보여주시지 않는다. 멀리 가셨거나 아들을 잊은 게 아니라 내가 그리 팍팍하게 살았다는 증거 아닐까 싶어도 여기만 오면 어제 일만 같다. 철 이른 봄비가 내리 사흘을 퍼부었고 겨우 한 끼니 때운 채로 산에 올랐던 나는 오래 울었었다. 울렁거림은 지금도 가라앉지 않아서 키 작고 웃음 많은 노인만 보면 물이 엎질러지듯 울대가 좁아진다. 세상 모든 자식은 부모에게 죄인인 것만 같다. 무한한 사랑을 주시고 서둘러 가셨으니 갚을 길 없는 채무가 되곤 한다. 죄는 그림자만으로도 무거운데 자리를 옮길 방법이 없다. 부모 둔 어느 자식인들 그 나무 아래 서성이지 않았겠는가. 아버지의 시계는 그 날 멈춰버렸다. 해도 달도 동시에 멈춰버렸으니 죄라는 그림자 안에 우두커니 선 채로 나는 이렇게 오래도록 앓는 것이다. 그러지 말라고 아버지께서 등을 두드려주셨겠지만 미욱한 아들이어서 그마저도 알아채지 못하는 것이다.

한식과 추석, 그리고 설이면 이 자리에 선다. 멀리 공릉저수지가 자신의 뼈를 드러낸 모습이 보이고, 야트막한 구릉들의 골격도 환하다. 한식이면 아버지 봉분에 흙을 돋우곤 한다. 산을 내려가

고 싶으실 터인데, 저승꽃 만발한 어머니가 그리우실 터인데 미
련한 아들은 효도랍시고 무거운 흙을 더 돋우기만 했다. 괜찮더
냐는 어머니께 아버지 잘 계신다고 건성으로 대답하곤 했다. 이
제 다시 미끄러지듯 내 자리로 내려가야지. 눈 쌓인 봉분 앞에 엎
드려 큰 손자 제대한 것도 말씀드리고, 어머니 기침이 심해졌으
니 한번 들리시라 일러드렸다는 핑계인지 조금은 발걸음이 가볍
다. 아들은 이렇게 소갈머리 없다. 언제나 철이 들어서 아버지가
그리하였듯 묵묵한 가장이 되려는지 모르겠다.

> 사방 눈밭이고 발자국 하나 없는 숫눈인데
> 밟아볼 욕심은 내지 않기로 했다.
> 그런 자리,
> 그렇게 텅 비어서 충만한 자리들을 내 안에 들여놔야
> 조금은 철이 들 것도 같아서다.

하늘은 여전 푸른 거울이다. 나를 비춰 볼 수 있을까. 사실은 그
게 거울이라는 것조차 모르고 살았으면서 말이다.

부언하지 않는다면 사진은 느긋한 오후의 연인이나 은퇴한 노부부의 추억을 상징하는 오브제가 되겠지. 보는 이들에게 어느 여름날의 정지화면으로 기억되겠지. 나는 세상을 이렇게 인식한 적 없나 되짚어본다. 하나의 피사체로 상대를 보거나 내 기억의 서랍 중 어느 한 칸에 넣어둘 기념품 정도로 치부해버린 적 없나 말이다.

사물이나 사람에 대한 인간의 정서란
이렇게 자신만의 눈금으로 만든
체를 통과한 것들의 총합이다.

나 역시 그런, 기준 아닌 기준으로

　　　지금껏 당신을 재단하고

　　　세상의 무게중심을 자의적으로 옮겨버렸는지도 모른다.

기울어지면 불공평하다고 한탄했고 흔들리면 바람이 심한 세상

이라고 절망했었다.

투명망토를 걸친 자객이 표창을 날리는 듯 밖은 위태로운 겨울인

데 나는 유리창 하나를 경계로 푸근한 오후의 디저트를 즐겼다.

파도는 여름과 구분할 수 없는 몸짓이다. 백색 포말도 지난 여름

의 그것과 다르지 않다.

가족 나들이 기념 삼아 찍은 사진을 들여다보며 잠시 엉뚱한 생각

에 빠진 동안 녀석들은 파르페를 다 먹어버렸다. 한 눈금 내려간

아비의 눈빛을 보며 빙글빙글 웃기만 했다.

모자 덮고 누운 머리맡으로 포르릉, 박새가 다급하다. 내가 잠을
재간 없음을 모른다. 눈에 띄는 우듬지로는 좀처럼 올라가는 않
는 종족이다. 벼랑 근처 까마귀 한 쌍이 부산하다. 검은 깃 사이
사이에 죽음을 감추고 다닌다는 누명엔 아랑곳없이 상승기류 사
이로 허공의 음계를 짚는다. 같은 건반을 누르는 듯 음역은 일정
하다. 발톱으로 구름이라도 찢을 듯 황조롱이 하나가 정지비행
중이다. 박새라도 보았을까. 줍다 놓친 산밤을 따라 개활지까지
나온 다람쥐를 포착했을까. 저마다 제 높이에서 살아가는 것들의
중간 어디쯤 내 고도를 짚어본다.

원효봉 정상 못 미처 너럭바위에 앉았다. 삼각산이라 불리는 백운대, 노적봉, 만경대, 연봉들을 본다. 해발 삼백 미터가량 더 높다. 백운대에 몇 번 오른 적 있다. 최고봉에 올라야 한다는 강박에 시달리며 살았듯 둘러보아 눈높이에 걸리는 것 없는 호쾌함에 뿌듯했었다. 재작년 늦가을에도 촉박한 시간에 무리했다가 캄캄한 비탈을 엎어지며 내려왔다. 산을 오르는 일과 정상에 머무는 시간과 내려오는 길을 적절히 배분하지 못했다. 욕심이 들끓었고 정상의 상쾌함은 짧았으며 내려오는 길은 고단하고 위험했다.

오른 적 있다 해도 신 포도를 맛본 여우 심사는 아니다. 다만 더 높은 곳을 바라볼 때에도 가슴속 부글거림이 줄었을 뿐이다. 백운대 그 서늘한 이마를 스치고 가는 바람과 손차양하는 듯 드리워진 구름 그림자를 원효봉에 앉아 한나절 바라보았다. 거기도 별것 없더라고 냉소하지 않았다. 그깟 높이가 별거냐고 무시하지 않았다. 날짐승들은 저녁준비를 끝냈는지 다들 돌아갔다. 정상부터 아래로 내려오는 단풍전선을 횡으로 그어보며 내 안에 구불구불 이어졌을 생의 물매를 떠올린다. 처음부터 거기엔 정상이란 없었다.

미
필
적
고
의

명징한 하늘을 보면 슬프다. 내 사랑의 문장이 다 지워진 것 같아서다. 구름 몇 머뭇거리는 하늘이라면 회상에 젖는다. 멈춘 듯 끊임없이 갈등하는 구름이 나와 같아서다. 희고 검고 누르고 붉은 구름이 왠지 나인 것만 같아서 투명한 하늘보다 친숙한 것이다. 푸름으로 명징한 하늘을 보면 때로 두렵다. 어딘가로 매복했을 거라는 예감이고, 나 없는 사이에 불쑥 튀어나올 것만 같은 불안이다. 어쩌면 다 지워졌다는 홀가분함이 지나쳐 두려움으로 확산되는 중인지도 모른다.

내 안의 것들이 지워지면 홀가분할까. 그렇다면 욕망들이었으리

라. 두려움은 왜 또 후유증처럼 따라올까. 이룰 수 없다는 걸 아는 욕망이라도 혹시나 하는 한 가닥까지 사라졌기 때문이리라.

먹구름은 하늘의 안색을 가린 가면이다. 그러나 가면도 표정을 가졌다. 불변의 윤곽이지만 보는 자의 심상에 따라 천 갈래의 변화를 연출한다. 폭설이 다 털고 침잠에 든 가로수들의 음영을 강조한다. 흐린 거리를 배경 삼아 은둔한 그들의 의사와 상관없이 호명하는 셈이다.

전부를 지우고 새로 쓰지만 덧그린 그림처럼 밑그림이 무엇이었는지 자신만은 알고 있다. 결국은 원래의 모습으로 돌아갈 거라는 사실 앞에 시릇함만 남는다. 잠시 가려진 대상들 앞에서 아닌 줄 알면서도 짐짓 영원이라고 고집부리고 싶은 것이다. 영원일 줄 알았다는 변명을 준비해두고 덜컥, 저지르고 싶은 마음이다.

눈 덮인 안내판의 문장은 아마도 출입금지일 것이다. 이제 괜찮으니 들어가라는 유혹이다. 아니, 그래보라는 권유다. 보이지 않으니 몰랐다고 시선을 돌릴까. 눈밭에 들어가 당신의 이름 아래 사랑한다 써버릴까. 마음이 기우는 대로라면 봄볕에도 지워지지 않으리. 눈은 녹아도 땅에는 내가 깊게 써버린 당신 이름이 선명하게 남으리. 그럴까 봐 못하겠다. 눈 때문이라는 핑계 뒤에 숨을 수 없을 것 같아 두렵다.

당신이 다니는 곳은 아니니 내 문장을 읽을 일 없겠다. 그래서 다행이고, 그래서 서운하다. 당신을 기만한 게 아니라 내가 나를 속이는 미필未必이다. 의도한 바 있는 고의故意가 아니라 더는 감출 수 없었던 고백이다. 결과를 짐작하면서도 행하는 것은 당신도 나를 용서할 거라 믿는 눈물 때문이다.

자해

_{自害}

임계만큼 서늘한 지점도 없다. 수렴이라는 말은 유예가 가능하고 영원히 닿지는 못 한다는 안도도 있다. 비극적 시선으로 본다면 수렴도 안타까운 어휘지만 폭설이 내린 오늘은 왠지 임계 근처를 서성이게 된다. 임계는 애정과 분노 중 어느 감정의 경계지점일까. 더는 참지 못하고 애정을 쏟는, 토로하는 경우도 있겠다. 아무래도 임계란 작동의 측면에서 볼 때 분노에 더 가깝다. 폭발하는 지점이다. 생각해보라. 서서히 기쁨이 쌓이다가 터져 나온다면 어색하지 않은가. 역시나 분노에 가깝다. 더구나 세상사와 관계란 촉발점이 있게 마련인 걸 감안한다면 말이다.

그래서 임계는 남극 블리자드blizzard보다 가혹하고 북극 빙하보다도 무겁다. 다시는 수습할 수 없는 파국의 현장이다. 분멸 직전의 긴장이 서로를 당기고 서로를 밀어낸다. 열기가 넘실거리며 이성을 태워버린다. 감정의 온도를 밀어 올린다. 손이 떨리고 안구가 튀어나올 것만 같은 기분이 지속되다가 어느 순간 주먹이 날아가거나 물컵을 던지게 된다. 오늘 폭설도 이와 같은 기제로 작동했을까. 어느 누군가의 가슴에 젖은 화약을 쟁이듯 쌓였을까. 아니, 아무래도 첫눈은 분노와는 어울리지 않는다. 이상국 시인이 〈대결〉이란 시를 통해 말했듯 나무가 쌓이는 눈을 더 이상 견딜 수 없는 지점이 분노는 아니란 말이다.

아버지는 어떻게 견디셨을까. 평생 가슴에 쌓인 시멘트 가루가 더는 참을 수 없는 지경이 되었을 때 어떤 감정이셨을까. 그 무게가 당신 인생을 설해목雪害木 가지처럼 분질러버릴 것을 아셨을 텐데 막막한 두려움을 어디다 감추셨을까. 담담했을 당신과 달리 미욱한 아들은 임계를 분노에나 결부시키며 갸웃거렸다. 다시 임계를 생각하고 자해를 떠올린다. 결과를 알고도 행했으니 자해고 결과를 위한 일이었으니 또한 당신께서 맞이한 임계다. 종일 눈이 내리고 어디든 수북 쌓인 하루였다. 쌓이는 눈을 보며 공연히 자욱해져서 커피를 거푸 두 잔이나 마셨다.

서서히 기울어지는 나뭇가지를 보며
임계점까지 생의 무게를 견디다 순간

부러진 아버지를 생각했다.

아버지가 그리하셨듯이 내게도 생의 무게가 쌓이고 있다.

알면서도 피할 수 없고, 알기에 피하지 않는 무게감 말이다.

흩날리는 눈이 전부는 아닌 하루였다.

지난 일월 초에 채용된 친구가 사표를 냈다. 적성에 맞지 않는 것 같아 부산 집에 내려가 생각도 좀 하고 여행도 다니겠단다. 스물일곱 살 젊은, 대한민국의 교육시스템으론 어린 친구가 먼 인천까지 와서 숙소생활을 하려니 외로웠을 것이다. 한시도 가만있을 수 없는 건설현장의 업무가 버겁기도 했을 것이다. 나름 죽어라 공부했는데 먼지 펄펄 날리는 현장을 돌아다니며 작업자들과 싸우고 잔심부름이나 하려니 자신의 가치에 대해 의문이 생겼을 것이다.

　　나는 꼰대답게

　　이런 현실 하나도 버티지 못한다면

어디를 가서도 성공하기 힘들다고 겁을 줬다.

세상에 한 번 진 거라고 녀석의 가슴에 못을 박았다.

마음이 편치 않다.

녀석이 자발적 가난을 바탕으로 영혼의 자유를 추구한다면 말릴 생각 없다. 허나 녀석 또한 얼마간 부유함과 능수능란한 각종 광고 등에 자신의 가치관을 염색 당했을 것이고, 은연중 본인의 판단에도 영향을 미쳤을 걸로 보인다. 이 시대 누구인들 그렇지 않겠나. 무엇보다 안타까운 건 적성과 지난함을 혼동한다는 사실이다. 힘들어도 적성에 맞을 수 있고, 무난한 일이지만 자신의 적성과는 영 아닐 수 있다. 녀석은 그걸 혼동하고 있다. 길게 말하기 싫었는지도 모른다. 재차 물었더니 얼버무리기만 한다. 공무원 시험을 준비해보겠단다. 대충 비슷하게 돌아가는 스토리다.

착하고 성실한 녀석인데 인생의 첫 고비에서 그만 넘어지고 말았다. 첫 취업은 실패했지만 본인에게는 좋은 판단근거로 남았으면 싶다. 알아주지도 않는 지방대 출신에, 나머지 스펙도 변변찮고 부모마저 넉넉지 않은 젊은이들 모두에게 위로를 보낸다. 너희들 죄는 아주 작다. 대부분의 혐의를 받아야 할 세상이 너희들을 속이고 윽박지르는 것뿐이다. 기성세대로서 미안하고 안타깝다.

감출 수 없는 게 있다. 사랑이 그렇고 기침도 마찬가지다. 농담처럼, 참을 수 없는 건 무엇이냐는 질문이 날아온다면 간지럼이라 대답하겠다. "없다"는 말에 주목한다. 단지 표출을 막지 못한다기보다 되돌리지 못하는 비가역非可逆의 영역이다. 시를 쓰겠다는 결심과 행동으로 옮기는 건 다르다. 또한 단지 시를 쓰는 것과 문단에 이름을 내미는 것도 다르다. 스스로 시인임을 드러낸 후에는 독자시절로 돌아가지 못한다는 거다. 시선을 감춘다는 건 돌아가선 행복하지 못하다는 자백이다.

내장사에서 내려오는 길에 한 사내를 보았다. 최소 환갑은 지났을 법한 얼굴이었다. 무엇이 사내에게 미니스커트를 입혔을까.
얼마만 한 연습이 장구와 심벌즈와 꽹과리를 트롯 음악에 맞춰
두들길 수 있게 했을까. 저 분장과 복장으로 남들 앞에서 몸을 흔
들 수 있는 숫기는 언제부터 사내에게 내장되었을까. 궁금한 게
많았다. 거리에서 호박엿 리어카를 끌며 단련된 몸인 듯 종아리
비복근이 발달되어 있고 뒷모습도 견고했다. 단지 웨이트트레이
닝으로 키운 근육덩어리는 아닌 것만 같았다. 그의 놀림과 공명
하는 장구와 심벌즈와 꽹과리가 악만 쓰는 스피커를 압도한다.

나잇살이나 먹고도 거리에서 저러려니 참담할 것이다. 종일 호박
엿을 팔아야 벌이가 얼마나 될까 막막했을 것이다. 그러나 그의
안색은 전부를 꺼내고 살아 행복한 거 같았다. 옆에서 동영상으
로 촬영하는 딸의 얼굴에도 수심은 들어 있지 않았다. 지극함이
보였다. 자기 자신으로 공중화장실 앞 작은 공간을 채우는 모습
에서 나름의 열정을 보았다. 생계를 위해, 하지도 못 한 효도를
위해 글쓰기를 수십 년 접어두었던 나보다 멋진 사내였다.

　　　나는 오래도록 비겁했고 순간순간 과격했다.
　　　여전히 욕망의 밸브를 조절하지 못하며 산다.
차라리 활짝 열어버린 사내가 부럽다. 나는 젖은 창호지처럼 윤
곽만 드러내며 중얼거렸다.

모
르
고
살
았
던
맛

어머니 서른에 나를 낳으셨다. 열여덟에 시집와 큰누나 낳고 구
년을 기다려 이 년 터울로 내리 딸을 둘 더 보셨으니, 딸만 셋인
상황에 태어난 아들이다. 종가의 맏며느리로서 지난한 세월이었
을 것이다. 외아들은 외롭다고 삼 년 뒤 하나 더 낳으셨는데 또 딸
이었다. 비가 억수로 쏟아지는 여름날이었고, 아버지는 말없이
뒤란의 물고랑을 팠다. 물먹은 흙 파내는 소리가 지금도 들리는
것 같다.

보통은 외식을 하지만 막내도 멀리 있고 어머니 입맛도 여의치
않아 집에서 생일상을 차렸다. 미역국에 고기 몇 점 굽고 잡채 한

접시가 전부다. 어머니가 차려주시던 시절엔 아들 좋아하는 홍어 무침을 빠뜨리지 않았는데 하며 상을 비웠다.

　　　정작 혼신을 다한 세상 어머니들은
　　　평생 미역국 끓여 먹이느라 종종걸음이었을 텐데
　　　생일 맞은 내가 왜 그걸 먹었느니 없었느니 했나 싶다.
지금이야 생일인지 누가 말해줘야 아는 경우도 있다.

이 나이가 되어서도 어머니 미역국이나 제 몫인 양 챙겨 먹는 아들이다. 더 늙어도 어머니 계시는 동안은 마찬가지다. 갚을 길 없고 기다려주지도 않는 부모려니 하면서도 저녁밥이 목에 걸렸다. 아버지 계셨으면 잡채 맛있다 하셨을 텐데, 소화시키기 힘들다고 다섯 시만 되면 먼저 드시는 어머니와 겸상했으면 그나마 마음 가벼웠을 텐데 하다가 상을 물렸다. 해마다 생일은 돌아오고 생일상은 해마다 부끄럽고 날이 갈수록 미역국에서 몰랐던 맛을 느낀다.

친절과 오지랖

화장실이 또 폐쇄됐다. 주말부터 시작한 배관공사가 아직도 마무리되지 않았단다. 소장이거나 말단이거나 배설은 평등한 것이라나 혼자 도드라지게 짜증을 내기도 민망하다. 아침에 휴지 들고 차도를 걸어가는 남자를 생각해보라. 내가 남들의 출근길을 망쳐도 될 자격은 없으니 잠바 안에 두루마리 하나 품고 한참 먼 옆 건물 화장실로 간다. 마른 몸매의 사내가 배만 불룩하니 아무리 너그럽게 봐주려도 이쑤시개에 옹이 박힌 형상이다. 변기는 차갑고 담배는 쓰다. 어제 대구 출장에서 찬바람을 연거푸 들이킨 까닭이다. 빌어먹을 화장실은 와이파이가 뜨질 않는다. 덕분에 다리 저리기 전에 마칠 수 있었다.

일 층 화장실 앞에 선 사내의 표정이 eye — max 스크린의 폭우 같다. 비장함과 통증이 나선형으로 그의 얼굴을 휘감는다. 날도 추운데 바짝 조이려니 오죽하겠나. 한 층만 올라가면 변기 세 개가 입을 벌리고 있는데 그는 모르는 거 같다. 웃음이 나기도 하고 측은하기도 한데 나는 어느새 그를 지나치고 말았다. 허무하게 무너지지 않았으면 좋겠다. 갈아입을 바지도 없을 것이고 냄새는 또 어디다 감추겠나. 인생이 이와 같아서 나는 또 어느 시절에 한 층만 올라가면 해결될 일을 고통으로 범벅한 적 없나 생각게 한다. 사소한 친절을 내 마음속 어느 주머니에 넣어둬야 얼른 꺼내 줄 수 있겠나.

친절이란 상대에게 건너가는 동안 온도가 변한다. 나는 지금 전기난로 앞에 앉아 있고, 그의 긴장은 무사히 해소되었는지 알 길 없다.

정의의 여신 아스트레아를 생각한다. 그녀의 천칭도 떠올려본다.

　　나는 신의 저울엔 눈금이 없다고 강변하며

　　인간이 인간을 평가하는 시스템에 대해

　　그 오류의 후유증을 주장하곤 했었다.

그러나 과연 아스트레아의 천칭이 더 좋다고 할 수 있는가. 기울어지는 쪽을 무조건 단죄하는 것보다 얼마간 허용오차를 두는 게 신의 자세 아닐까? 답은 없다. 사람이 모이면 집단화가 이뤄지고, 그건 서열과 세력을 동반한다. 공평함과 평등함의 차이를 명확하게 정리하지 못하는 내가 회사 인사평가 시스템의 중간단계에서 가늠자를 들이댄다는 자체가 당혹스럽다.

해마다 두 번 인사평가를 해야 한다. 누군가는 내 덕분에 수백만 원 연봉을 더 받게 되고, 또 누군가는 나 때문에 진급심사에서 누락될 것이다. 세 번 누락되면 진급기회 자체가 없어지는 시스템이니 당사자들 긴장감은 발사 직전의 시위와 같다. 어떻게 하나. 내게 누가 저울을 줄 것이며 그 저울이 공평하다고 어떻게 증명할 것인가. 서로가 웃고는 있지만 해당 직원들의 심사가 충분히 짐작되는 시절이라 조심스럽다. 내 몸을 둘로 갈라 천칭 양쪽에 올려놓은 기분이다. 아스트레아는 인간의 타락에 실망해 천상으로 올라가 버렸다는데 평가자이면서 동시에 누군가의 평가를 기다려야 하는 나는 갈 곳이 없다.

머리 잘리고 터럭까지 발가벗겨진 육신들이 구수하게 타고 있다. 맨몸으로 난도질당한 덩어리들이 불판 위에서 살아생전의 기억을 뒤채고 있다. 먹자골목은 이미 만취상태, 거대한 짐승의 내장 같은 골목마다 취객이 넘쳐흐른다. 울컥거린다. 주머니 털어 취할 수 있는 자유, 고성방가가 잠시 용인되는 거리다. 당신은 무엇 때문에 취했는가. 거기 당신은 또 왜 울먹이며 서 있나. 주저앉아 고개 숙인 자여, 당신의 집은 여기서 얼마나 먼 곳에 있나. 밤이 제일 길다는 동지가 오늘이다. 참담하다만 내일부터는 어둠이 조금씩 짧아지지 않겠는가.

남의 일처럼 불행이란 명사를 액자에 걸어두고 싶지 않았다. 완상만 하는 관객이 되고 싶지 않았다. 불행을 명사나 형용사가 아닌 동사로 사용할 수 있게 허락해다오. 몇 남지 않은 이파리들이 떨어지고, 바스러지고, 그물처럼 잎맥만 남아 바람 한 조각도 건질 수 없게 되었을 때 형용사로 표현만 하는 게 아니라 나도 내 늑골을 짚어보며 동사형으로 절망하게 해다오. 불행과 함께 몸부림치게 해다오. 동정하듯 감정 한쪽 떼어주는 부사도 싫다. 타인의 불행 앞에 얹어주고 지나가는 부사형으로는 함께 어깨를 걸고 울수 없기 때문이다. 입발림으로 끝날 형용사 말고, 진심인지 아닌지 의혹에 빠질 부사 말고 내게는 불행이란 동사를 다오. 도도한 명사도 싫다. 오로지 나의 일이니 내게는 불행이란 동사를 다오.

실컷 불행할 수 있는 자유를 다오. 아편쟁이처럼 종일 양지받이나 하겠다. 담뱃진에 절은 손가락으로 땅바닥에 그림이나 그리겠다. 몇 끼니 건너뛰면 어떠랴. 허기까지 다 소화된 몸으로 비척비척 냉수나 들이켜고 돌아누워도 부르지 말아다오. 미처 날뛸 수 없어서 눈물만 뚝뚝 떨어트리더라도 손수건 따위를 건네지는 말아다오. 커브길마다 가속페달을 확 밟아버릴까 하는 충동에 시달리는 걸 알더라도 다급하게 손잡이를 움켜쥐지는 말아다오. 그런 당신을 보는 내가 더 힘들다. 술이라도 마실 줄 알았다면 술잔 속으로 망명할 수 있으련만, 술기운에 실수한 거라고 쌍욕을 퍼부으며 그들에게 깨진 병을 던질 수 있으련만, 나는 말짱한 정신으로 나를 바라봐야만 한다. 치욕의 가래침을 다시 삼켜야만 한다.

이 거리의 문법은 왜곡되었다.

그러나 당신도 나도 오탈자로 처리될 것이다.

붉은 동그라미에 목이 걸려 끌려가야만 한다.

이
별
과

이
별
하
기

나는 짖는 개다. 물어뜯을 줄 모르니까, 두려우니까 일단 짖어서
상대가 가까이 오지 못하도록 하는 거다. 송곳니는 위협용일 뿐
이다. 동물학자들에 의하면 뱀이 사람을 무는 것도 두려움이란
다. 상대의 허물이 보이기 시작하면 가슴 아프고, 내 치부가 드러
나면 상대의 반응이 겁난다. 관계에서의 포용이나 유격閒隔이 말
로는 쉽지만 그리 행동하려면 아프도록 자신을 허물어야 한다.
사람을 들이는 일이 망설여지고 함께 있던 사람이 떠날까 전전긍
긍하는 날이 많다. 나무처럼 마음에 떨켜를 가졌다면 늦가을 낙
엽인 양 훌훌 털어낼 수 있으련만 누군가가 일어선 자리는 우묵
하니 오래도록 메워지지 않는다.

헤어지는 일을 골똘히 생각한다. 근래 두 달을 그리 살았다. 만남은 본인 의지가 작용하지만 회사에서의 동료란 조직논리에 따라 이합집산을 반복한다. 직원들과 짧게는 이 년, 길게는 삼 년을 함께 지냈다. 서로에게 스며든 기억이 제각각 다른 무늬일 것이고 덮어둔 자상刺傷도 깊이를 달리할 것이다. 내 칼에 피가 묻지 않았다고 상대도 상처가 없는 것은 아니다. 나는 내 직원들에게 어떤 상처를 남겼는지 묻지 못했다. 답해주지도 않을 것이다. 이별이 낯설기만 해서 엉거주춤, 멋진 악수로 헤어지지 못했다. 조만간 다시 만날 거란 웃음은 내가 나에게만 보내는 위안이었다. 쉽게 벗겨질 도금과 다를 바 없다.

지난주 전주 현장으로 보낸 직원이 오늘 회의 때문에 나와 함께 본사에 갔었다. 꼬박 삼 년을 수족처럼 부리던 친구다. 내처 내려간다는 걸 내일 가라며 송도로 데리고 왔다. 악수 한 번으로 보내기 머쓱했고 돌아서기가 덜컥 겁이 났던 까닭이다. 얼마간 시간이 지나고 바빠지면 누군가로, 무엇인가로 빈자리를 메웠다고 여기겠지만 그건 메우는 게 아니라 덮는 일이다. 내 몸에 난 상처에 새살이 돋아도 예전과 같지 않은데 하물며 사람이 떠난 자리를 누가 메울 수 있을까 싶다. 새로 옮긴 임시사무실에 앉아 늦은 오후를 혼자 지켰다. 이별이 잦은 생활인데도 이별에 익숙해지지 않는다. 주인 잃은 책상들의 표정이 점점 딱딱해진다.

사부인곡

思婦人曲

시 따위나 쓰는 사내의 펜은 숙취가 떠날 날 없어 손이 흔들리고
펜 촉이 붓고 백지白紙는 삼만 리 눈길 같다오. 첫 줄을 잡는 순간
낡아버리는 게 시 아니겠소. 그러니 나는 상투常套하고만 친분이
두터워 파탄이 지척이고, 의기양양 아이의 심상으로 시작해도 늙
은이 되어 종결하는 셈이오. 봄은 나 혼자 탕진했으니 당신 몫까
지 내 술잔에 녹여 엎지른 것이오. 우런 붉은 홍매紅梅와 마주쳤을
때처럼 내게 남은 봄이 더는 내 것이 아닌 것만 같아 낯설고 두렵
다오. 허나 메고 갈 힘이 있거든 그리해보라고 봄은 또 당도하는
것이니 취한 펜을 놓지 못하고 있소. 끼니때마다 한 걸음 늦게 밥
상머리에 앉는 것 또한 이 봄의 문장들이 놓아주지 않는 까닭이

라 변명하진 못 하고 빙그레, 그나마 당신이 받아주는 웃음을 꺼
낸다오.

당신이라는 호칭에서는 파스 냄새가 나는 것 같소. 여인이라는
하늘은 자주 흐리고 물기가 마를 날 없는 걸 내가 다 젖고서야 알
았소. 오래도록 늦가을과 겨울로만 살았을 당신에게 쭉정이만 남
은 봄이나마 선물하려오. 나는 탕진한 죄가 있으니 당신을 꽃밭
으로 보내드리고 이곳의 찬바람이 따라가지 못하도록 문을 여밀
까 하오. 미련하게도 당신 혼자는 봄날도 소용없음을 여적 몰라
서 공치사하듯 문을 닫으려 한단 말이오. 눈치 없는 잔설처럼 산
철쭉 발치에 오래도록 머뭇거렸소. 책상이나 두들기고 백지를 구
겼으니 뜸베질하는 황소와 다를 바 없소. 그러니 봄이라 해서 내
낡은 무릎에 힘을 줄 일 아니고, 당신 혼자 나들이 가라 떠밀 일은
더욱 아니니 하릴없는 문장들 작파하고 함께 나서야겠소.

당신은 고개 돌려 물을 보고 나는 물 같은 당신을 보오. 제자리를
맴돌기만 하는 조각배인데도 가라앉지는 말라고 한사코 부력을
더해주는 당신을 보오. 백목련 꽃잎 같았던 귀밑머리 속살에 시
선을 얹으며 휘우듬한 무언가를 느낀다오. 멀미 탓이라 하려니
나들이가 짧고, 허약한 사내라 하기에는 밤을 샌 술자리가 많았
으니 시 쓰는 심성이고 눈썰미려니 모른 척해주오. 해는 기울어
물빛도 따라 기울고 청록의 다음 자리가 붉음이고 스러짐이라면
저 물을 다 마셔서라도 당신만은 물들이지 못하게 하고 싶소. 봄

처럼 시작하는 분홍이 아니라면 어떤 붉음이건 펜으로, 문장으로라도 막아내려오. 차가운 백지 위를 떠돌며 봄을 탕진하던 나와 걱정스레 언 발로 찾아오곤 했던 당신이 한배에 타고 봄날의 복판으로 흘러가는 중이오.

이대로라면 어디든 닻을 내려도 봄이려니

선장에게 항로를 물을 일 없소.

내가 선장이었으면 싶을 뿐이오.

단 하루만 신이 될 수 있다면 무엇을 하겠는가? 취업면접에서 이런 질문이 있었다고 들었다. 누군가는 남북통일을 언급할 것이고 과격한 지원자는 일본을 침몰시키겠다며 힘을 줄지도 모른다. 빈곤층을 잘살게 하겠다는 대답도 나올 것이다. 정답이 따로 있는 게 아니지만 과연 면접관을 흡족하게 했을까? 아니다. 개인의 욕망을 어떤 방식으로 진술하게 표현하느냐에 초점을 뒀을 수 있고, 더 넓게 보면 상상력의 폭을 알고 싶었던 거겠다. 식구들 모인 자리에서 질문을 던졌더니 하나같이 답이 없다. 기업체는 왜 엉뚱한 질문으로 애들을 긴장시키느냐며 볼멘소리도 한다. 여기까지가 기성세대의 한계이고 자신의 경험치에 함몰된 어른들이다.

"나무가 걸어 다니도록 하겠습니다."

"동물들과 대화할 수 있는 언어를 만들겠습니다."

이런 대답을 원하지 않았을까? 그랬을 거라고 확신한다. 내 아들들이 이런 젊은이면 좋겠다. 부모의 마음에 드는, 부모의 기준에 부합하는 자식이란 세대차이만큼 삼십 년 가까이 현시대에 뒤처지는 인간형이다. 본질적 기준이야 변할 리 없지만 질문의 요지는 상상력이니 학교에, 학원에, 논술에 치인 아이들은 도저히 그 세계의 문고리를 잡을 수 없다. 토익에 목매단 취업준비생도 상상력은 장착하지 못했을 테고, 단지 공상에 빠져 비루한 현실을 잊으려 했을 것이다. 내 아들들이, 우리 젊은이들이 자본에 길들여져 줄을 서지 않았으면 좋겠다. 위만 갈구하지 말고 옆으로 더 멀리 나아갔으면 좋겠다. 녀석들 뒷모습이 든든하면서도 덜컥 겁부터 난다.

소원도 희망도 아니지만

악독한 자들에게도 살가운 가족이 있는 것처럼 모진 거울도 숨을
고른다. 언제 그랬냐는 듯 낯선 얼굴로 풀어졌다. 찬물에서 건져
낸 평양냉면만큼이나 질겨 보이던 수양버들에서 날씨 덕에 물렁
한 봄기운이라도 만져질 것 같다.

스스로도 견딜 만하다 싶은지 하늘하늘 면발을 흔든다. 어느 신
께서 참으로 드시려 했나 보다. 연로한 양반이라 치아가 시원찮
아서 푸욱 삶으라 했나 보다. 봄날이라면 울긋불긋 철쭉 무더기
가 김치로도 보이고 차곡차곡한 개나리 무리들이 단무지를 대신
할 수도 있었을 텐데, 찬도 없이 국수 한 그릇 때우시려나 보다.

겸상할 깜냥도 아니면서 기웃거린다. 연일 몰아치던 추위가 허기만 남기고 갔다.

아들 둘하고 점심 먹는다. 녀석들은 살짝 덜 삶은 라면으로, 나는 물렁한 칼국수를 놓고 앉았다. 겉절이가 빨갛게 피었고 총각무도 매끈하게 몸을 씻었다. 후루룩거리는 소리가 식탁을 채우고 어깨 넓은 두 녀석의 식성에 나는 밤새 결리던 어깨를 만져본다. 여전 욱신거리고 때론 고압전류가 지나가는 통증이 온다. 장남이 지난 시월에 재대했는데 내년 일월 보름엔 막내가 또 군에 간다. 보충대가 춘천이니 양구나 화천이나 그 일대에서 최전방 생활을 하게 될 거다. 고지식하고 운동신경도 없고 때론 엉뚱한 고집으로 아비를 당황하게 하는 녀석인데 그 무지막지한 단체생활을 어찌 견딜까 걱정스럽다. 자식이 학생이면 학부형이듯 아들을 군에 보내면 군부형이 된다. 제대하고 현관문을 열 때까지 좌불안석인 거다.

둘 중 하나가 딸이었으면 좋았겠다. 까무러치게 어여쁜 세 살 계집애 안고 공원을 돌고 싶었다. 인형 옷 같은 알록달록 치마도 입히고 싶었다. 아휴, 더러워 하며 뽀뽀하자는 아빠를 밀친다는 딸이 부러웠다. 공부하느라 고생 많다고 등 두드려주면 처음 한 브래지어 끈이 민망해 몸을 돌리는 녀석을 상상했다. 아찔하게 짧은 치마를 입고 나설 때 그게 옷이냐고 잔소리를 퍼붓고 싶었다. 웬 녀석하고 바짝 붙어 걸어오는 모습을 보며 가슴 철렁하고 싶었다. 미모보다 감성이고 실력보다는 지혜라고 가르치고 싶었다. 여자로는 살아내기 버거운 세상을 여태 바꾸지 못한 아비라고 사과했을 것이다. 아빠 같은 사람한테 시집가겠다고 말하면 으쓱해서 지갑을 열었을 나다. 이런 딸, 아들 둘도 든든하지만 내게도 이런 딸 하나 있었으면 싶다.

흔
해
도
내
게
는
한
번
이
니
까

소양강은 탄탄하게 얼었을까. 백색 광장으로 보이지만 한 걸음만 디디어도 차가운 물이 전신을 물어뜯을 것만 같다. 살얼음 낀 긴장의 무게 때문인지 핸들이 평소보다 무겁다. 시간은 어느 누구와도 친구가 아니라서 또박또박 달력을 넘겼다. 그나마 잠든 사이에 넘겼으니 친절하다고 해줘야 하나. 잠간 웃고 한참을 침묵하고 괜히 물을 마시고 신기할 것도 없는 눈[雪]이나 보며 달렸다. 이럴 때는 한없이 늘어져도 좋았을 텐데 도로도 시간과 같은 성정이라서 모른 척한다. 남들 다 겪는 일이라며 또렷한 이정표를 내걸었다. 뒷머리 파란 녀석들이 서성거린다. 탁한 안색의 중년남자들이 담배를 거푸 피운다. 파리한 여인들의 머리매무새가 푸석하다. 배고픈 곳이라고 밥을 추가하는 목소리가 들리고, 여름에도 추운 곳이라고 겹겹 껴입힌 녀석들은 고개도 들지 않고 밥을 먹는다. 그 틈에 우리 네 식구도 앉아 이른 점심을 먹는다. 지난가을 제대한 장남은 빙글거리고, 걱정만 앞서는 막내 밥은 좀처럼 줄지 않는다. 체하면 고생하니까 천천히 먹으라며 어미는 동치미 국물을 앞으로 밀어준다. 혹시나 배탈이라도 날까 아비는 기름기 적은 살코기를 막내 쪽으로 놓아준다. 소란한 식당인데도 내 아들 목소리만 들리고 고만고만하게 머리 깎은 녀석들 잔뜩인데도 내 아들 이마가 제일 훤하다.

이 나라에선 흔한 이별이라도 내게는 한 번이다. 장남과 겪은 일이지만 자식은 하나하나가 처음인 것이니 다시 겪어도 처음인 거다. 돌아올 때까지 시한부로 얹어놓은 돌덩이 무게가 새삼 뻐근해진다. 주저앉은 어머니를 택시 뒷유리로 바라보며 눈물을 훔쳤었다. 막내도 그렇게 눈물을 보이고 들어갔다. 영영 만날 수 없는 이별도 아니고 아들 가진 사람이면 누구나 겪게 되는 이별인데도 내게는 익숙하지 않은 일이다. 이 출렁거림도 서서히 가라앉겠지. 군복 입고 어색하게 웃는 사진을 받아 볼 수 있겠지.
그러나,

　　　이별은 익숙해지지 않는 일이라서

　　　우리 식구는 발간 눈으로 토끼처럼 서성거렸다.

　　　서로를 알아서 서로를 외면하며 서성거렸다.

오
랜
만
에

한
번

오후 한나절을 내게 선물한다. 조안鳥安이란 곳이다. 갈망의 불길
을 다스리지 못해 힘들었고 때론 질투로 뒤척이던 날 많았다. 이
제 쉼표 하나 찍으려 한다. 새들이 편안하다는 곳, 새들도 날개를
접고 쉰다는 곳에 와서 나 역시 호수 같은 강물과 건너편 산들을
본다. 잔바람이 물 위의 산을 허물기만 한다.

날은 저물고 있는데 쉬이 보여주지 않으려는 것인지, 조금 더 기
다리란 말인지, 수묵화 같은 농담濃淡이 무너지며 산들이 서로 걸
어놓은 어깨가 흐릿해진다. 바람이 허락할 때까지 기다리련다.
어느 전능한 존재가 있어 흔들리는 수면을 다림질이라도 하겠는

가. 물은 난간 너머에서 참방거리고 왜가리는 서둘러 제 집으로 돌아간다. 끼니를 미처 해결하지 못한 강준치 몇몇만 수면을 덮친다.

미물들도 저리 때를 알고 예비하는데 나는 갈급으로만 살았다. 쉼표 너머에는 무엇이 있을까. 골목을 돌아설 때 문득 바다가 펼쳐졌으면 좋겠다고 생각한 적 많았듯 내가 찍은 쉼표 너머에 안온함이 기다리고 있을까 기대해본다. 골목을 돌며 한 번도 바다를 만난 적 없으면서 말이다. 누군가 내게 비슷한 말을 했을 때 나는 "당신 지금 외롭고 힘든 거야"라고 대답하며 웃곤 했었다.

저혼자 가는 시간

경포대의 젊음은 이제 학교로, 일터로 돌아가고 저 빨간 승용차
한 대만 남은 거 같다.

소모된다는 것은 버리는 게 아니라

어딘가로 흐른다는 말이다.

우리는 그 종착지를 찾을 수 없을 뿐이다.

바닷가 카페에 앉아 뜨거운 커피를 마신다. 작열하던 태양의 한
조각이 컵에도 들어갔는지, 에티오피아 처녀의 미소가 녹아들었
는지 커피는 쓰고도 달다. 천천히 야외탁자의 무늬를 짚어보는
사이에 환한 젊음 하나가 카페 안으로 들어갔다. 잠시 후 그녀는

양손에 커피 두 잔을 들고 조심조심 저 차에 올랐다. 스치며 남긴 샴푸 향기가 오래된 기억들 앞으로 나를 데려간다. 나는 남았고 차는 떠났다. 낡은 등에 불이 켜질 때까지 오래도록 앉아 있고 싶었다. 빨간색이 비어버린 자리로 언뜻 파도가 보이기도 했다.

잘록한 땅콩껍질 속에는 땅콩이 하나씩, 네모난 우리 방 둘에는
식구들이 젖은 땅콩처럼 셋씩 들어 있었다. 그래도 하나는 안방
이라 부르고 부모님과 내가, 다른 하나는 누나 둘과 여동생이 차
지했다. 셋이 누우면 두어 뼘이나 남는 방들이었다. 누나들은 여
고 시절 교복 코트를 그대로 입고 직장에 다녔다. 열심히 벌어 야
간대학도 가고 연애도 했다. 겨울엔 마당에 있는 화장실에서 달
달 떠는 게 고역이었다. 여름이면 아버지는 간수가 다 빠진 소금
가마니처럼 귀가하셨다. 그런 아버지를 위해 남들은 이미 다 부
엌에 있다는 냉장고를 처음으로 안방에 들여놓았다. 연장가방을
받아 들며 권하는 보리차 한 사발이 아버지 등에 문신처럼 새겨

진 오후의 땡볕을 얼마나 지워냈을까. 칼날처럼 당신의 등과 뒷목을 찌르던 그것을 말이다. 우리 여섯 식구는 서울 갈현동 좁은 골목으로, 리어카로 이사한 문간방에서 그리 살았다. 어디서 구했는지 모를 책상 하나가 책꽂이 겸 화장대 겸, 옷도 수북 쌓아놓는 자리였다.

고 삼인데, 가난 때문에 할 수 없었던 일들이 만든 염증으로 세상에 대한 복수심만 부글거리던 고 삼인데 공부할 방도 없었다. 수업료 밀렸다는 독촉 따위는 무려 십이 년의 경력을 쌓았으니 걱정거리도 아니었다. 이미 직장인이 된 누나들은 안방에서 부모님과 텔레비전을 보는 시간이 많았다. 중 삼인 여동생은 사춘기 후유증인지 예민하기가 탱자나무 가시 같았다. 하나밖에 없는 아들의 문제면서 집안의 흥망이 걸린 대사이기는 했어도 물리적으로 공부할 분위기를 만들어낼 수 없는 시절이었다. 과외를 하지 않으면 일본대학 교양수학을 풀 수 없었고, 그게 불가능하면 일류대학의 본고사 문제는 한 줄도 쓸 수 없었다. 예비고사가 내 운명을 결정한다는 생각만 하면 멧살라와 마주친 벤허처럼 전신의 근육이 당겨졌다. 이래가지고 어떻게 하겠냐는 두려움은 이글거리는 숯불이 깔린 길을 걸어야 하는 것처럼 후끈거렸다. 궁여지책으로 학교 앞 독서실을 택했다.

하루에 네댓 끼 한창 먹어대는 시절인데 끼니를 어찌 때울까. 중국집 나무젓가락이 수북 들어 있던 내 가방을 본 담임선생님께 불려 간 적 있었다. 사정을 말씀드리기가 수업료 밀린 핑계를 대는 일보다 더 싫었다. 나름 공부깨나 하는 학생이었으니 짐작은 하셨을 것이다. 점심은 그렇게 친구들 도시락을 메뚜기처럼 뛰어다니며 채웠다. 내가 독서실에 돌아오기 전에 어머니는 저녁 도시락을 놓고 가신다. 가족이란 그렇지 않은가. 서로가 짐작하는 심정인데 마주치면 눅눅해지고 울분을 쌓아야 좋을 것 없다는 생각이셨을 것이다. 새벽엔 아버지가 공사판에 가시는 길에 들리신다. 법 없으면 살 수 없는 분이시다. 도무지 정직하지 않은 세상 때문에 변변찮았던 가산을 다 털리고 결국은 믿을 수 있는 당신의 몸 하나로 가장의 자리를 지키셨다. 체구가 작고 말수도 적고 돈 안 드는 웃음만 많은 분이셨다. 그런 당신이 새벽마다 북청 물장수처럼 내 머리맡에 도시락 두 개를 놓고 가셨다. 발걸음은 안개보다 조심스러웠는데 자는 척 누워 있는 내 가슴으론 용암보다 뜨거운 것이 밀려들곤 했다.

나는 왜 일어나 아버지를 맞지 못했을까. 피곤하지 않으시냐 인사도 못 했을까. 고맙다고, 더 열심히 하겠노라고 빙그레 웃어드릴 주변머리도 없었을까. 마음이 몰리면 공부는 외려 힘들어진다. 울컥하면 한참이나 옥상에 앉아 있어야 했다. 차가운 인조대리석 바닥에 얇은 담요 한 장 깔고 누운 아들의 이마를 보며 당신은 북극의 빙하를 밀어내는 심정이었을 것이다. 행여나 깰세라 조심스런 발걸음마다 칼끝이 발등을 찌르는 통증을 느끼셨으리라. 아버지가 놓고 가신 건 도시락이지만 새벽마다 나는 머리맡에 푸른 물을 붓고 가는 북청 물장수를 떠올렸다. 그 물로 마음을 씻고 졸음을 씻고 세상에 대한 원망도 씻었었어야 했다. 아버지가 나가시면 조용히 뒤를 따라 나간 적 많다. 반도 채 열어놓지 않는 서터를 기어서 들어오시는 거다. 저만치 유난히 작은 체구의 가장이 가신다. 연장가방에 기울어진 어깨로 내 아버지께서 가신다. 당신께서 띄엄띄엄 가로등 환한 자리를 지날 때마다 화인처럼 내 가슴에 찍힌 화면들이다. 흐릿하게 보이는 게 새벽안개 때문만은 아니었다. 그리고 지금 다시 울면서 이렇게 아버지를 추억한다. 내 영혼의 씻김을 자청하셨던 북창물장수가 저기 새벽길을 간다.

　　　　새벽마다 고요히 꿈길을 밟고 와서

　　　　머리맡에 찬물을 솨아 퍼붓고는

　　　　그만 가슴을 디디면서 멀리 사라지는 북청 물장수

　　　　물에 젖은 꿈이

　　　　북청 물장수를 부르면

　　　　그는 삐걱삐걱 소리를 치며

　　　　온 자취도 없이 다시 사라져 버린다.

　　　　날마다 아침마다 기다려지는

　　　　북청 물장수

　　　　— 김동환, 〈북청 물장수〉

전뒤에 남는 것^煎

불은 인간과 타협하지 않는다. 강약을 조절할 수 있으나 그건 인간이 가까스로 구축한 편리성의 영역일 뿐이고 불은 스스로 그 온도를 달리하지는 않는다. 명절음식들과 함께 종일 불의 역학에 대해 생각했다. 가스레인지 푸른 불꽃과 프라이팬의 둥근 경계와 지글거리는 동태전, 버섯전, 호박전 등등이 하나의 우주로, 세상살이로 보였다. 날것이 익어가며 변하는 모습, 얻는 것과 버려야 하는 것들을 생각했다. 나는 불꽃이면서 프라이팬이고 동시에 뒤척이는 동태포다. 자기확신에 찬 사람은 불꽃이리라. 널찍한 성정을 가진 사람이라면 프라이팬이 제격이다. 그러나 우리들 대부분은 뒤척이며 본성을 빼앗기는 전^煎에서 자신을 발견하리라.

기름이면 좋겠다. 나는 푸른 불꽃은 아닐 테고 넉넉한 프라이팬도 못 되고 자양분 많은 먹을거리로도 쓸 수 없을 거니까 기름이나 되련다. 과격한 불꽃을 융통성 없이 전달하는 프라이팬은 정 없어 싫고, 폭우와 땡볕을 견디다가 소멸하는 먹을거리도 헛헛해 마음이 옮겨 앉지 않는다.

나는 기름이나 되어서
불꽃과 먹을거리의 참혹 사이에 존재하련다.
자신을 먼저 데우고 견디며 서서히 익혀내련다.
끝끝내 반복하다가 산화酸化되면 그만이다. 폐업이 속출하는 거리와 노숙을 견뎌야 하는 세상을 앙구고 문장으로 익혀내겠다. 스러져 하수구에 처박힐 때까지, 다만 화해할 수 없는 세상 모든 존재들이 견뎌야 하는 불꽃에 대한 완충재로 쓰이련다. 기름이 되겠다.

후일 누군가가 나와 비슷한 존재들에게
도거리로 시인이란 호칭을 부여할 것이다.

굳은, 살을 먹는 밤

저녁은 저 혼자 노을 한 그릇 팥죽 삼아 퍼먹고 퇴근했다. 네온이
번들거리는 거리, 비린내처럼 눈 녹은 물위로 번지는 거리를 걷는
다. 거개는 진즉 집으로 돌아간 시간,

  몇몇은 삼겹살 화덕 앞에 모여 상사를 씹고
  안주를 씹고 질긴 하루를 씹을 것이다.
  호떡장사 아줌마는
  모로 누워 식어가는 호떡과 같은 자세로 기대앉았다.

가끔 만나는 폐지 할머니는 오늘 허탕이겠지. 젖어 무게만 나가는
것들을 받아줄 고물상도 없을 테고, 젊은 사람도 제대로 걷기 힘든

빙판 골목을 어찌 돌아다닐까. 늙는다는 건 세상이 반대 방향으로 달음박질하는 기분일 것이다. 악몽처럼, 비명을 지르는데 소리가 나오지 않는 상황일 것이다. 복권집 아저씨는 복이 다 빗나간 얼굴로 담배를 피운다.

현관을 들어서자 비린내는 아닌 바다 냄새가 먼저 반긴다. 양은 함지 밍근한 물에 몸을 담갔을 코다리, 돌아갈 바다는 먼데 지느러미를 펼쳐봤을 코다리, 겉마른 피부에 각인된 파도가 되살아났을 코다리, 아가미가 분명 움찔했을 코다리를 요리하셨나 보다. 칼바람에 전신을 찔린 황태는 아니어서 참혹의 빗금이 없다. 이 악물고 참아낼 결빙도 겪지 않아서 질길 것 없다. 물컹한 생물의 촉감을 잃었지만 막대기 같은 적멸의 단계까지 몰린 건 아니라서 입안에서 잠간 움츠리다가 양념장을 핑계 삼아 풀어진다. 내가 좋아라 하는 반찬이다. 연말을 넘기느라 허우룩한 아들의 뒷모습을 읽으셨다는 말인지 매콤한 마늘 냄새가 옷 갈아입을 틈도 없이 잡아당긴다. 희고 말랑한 생살이었을 것이다. 연어처럼 붉은 빛으로 먼 길을 생색내지 않았을 것이다. 틀니로도 맛을 느낄 수 있을 만큼 몸이 헐은 코다리찜을 삼킨다.

차가운 바다를 헤치던 이승의 업장으로도 모자랐을까. 날카로운 풍장 후에 몸이 잘렸다. 아들은 허기에 붙들려 늦은 저녁상을 쉬이 놓지 못하고, 노모는 비스듬히 앉아 세숫대야에 발을 담근다. 달걀 같다 허물던 당신 시어머니도 이제 산에 계신데 깨진 달걀같이 빗금 가득한 뒤꿈치를 문지르신다. 난바다를 회유하던 코다리보다 더 먼 길 위에서 평생 얼었다 녹았다 굳어버린 생살이려니. 아들이 슬그머니 돌아보는 줄 모르신다. 그 굳은살 먹고 장성한 아들의 등줄기에 창밖처럼 함박눈 쏟아지는데, 아직도 더 먹이고 키워야 할 아들이라 생각하시는지 어머니는 인고의 세월을 문지르신다. 분홍빛이었다가 퇴색한 당신 생살을 어루만지신다. 유리창에 들이친 눈보라가 어룽어룽 당신의 봄날 같은 구름무늬를 만들고 있다.

구속의 이면에 대한 복기 復棋

애드벌룬보다 연鳶이다. 단지 가벼운 헬륨 때문에 표정 없이 허공을 배회하는 애드벌룬보다야 연이다. 당기면 솟구치고 늦추면 덜컥하도록 멀어지는 연이다. 전율하는 꼬리를 보며 속도감을 만끽한다. 당겨지는 줄의 장력은 신경줄기 모두를 긴장시킨다. 짜릿한 불안, 금방이라도 터져 날아가 버릴 것만 같은 황홀이다. 맴돌 때마다 좌우를 정밀하게 맞출 걸 싶은 후회와 뒤로 젖혀지는 몸체를 보며 굵은 대를 썼더라면 하는 안타까움이 함께 날아오른다. 바람이 밀어 올리고 바람 때문에 곤두박인다. 그러나 줄에 묶여 있을 때에만 연이다.

차라리 애드벌룬이다. 위로만 솟아오르려는 욕망의 결정이다. 팽만한 내부의 압력을 스스로도 낯설어 당황하는 몸짓이다. 애써 당겨야 내려오고 단단히 결박해야만 정지시킬 수 있다. 연의 언어로 끝이라 쓰고 애드벌룬의 심정으로 번역하면 휴지休다. 잠시 멈춰 있는 것, 아침이면 다시 떠오른다는 거다. 연이 주인공이라면 애드벌룬은 무대다. 홍보문구를 위해 떠올라야 한다. 더 커야, 더 높아야 한다는 강박만 남는다. 바람에 떠밀리지 않아야 한다. 줄은 지상으로부터 쫓아와 추적을 멈추지 않는다. 허공의 닻줄이다. 끊어졌을 때에야 비로소 애드벌룬이다.

연도 애드벌룬도 아닌 우리는 물고기 또한 못 되어서 부레가 없다. 생의 부력을 자주 놓치고 가끔씩 되찾는다. 누군가가 줄을 매고 당겨줬으면 싶다. 홀연 떠오를 수 있는 가벼움이 아쉽다. 허나 매달린 줄을 끔찍해 할 것이고, 허공을 향해 마음껏 올라보라 한다면 두려움 먼저 둥실거릴 것이다. 물속인 것처럼 생의 와류를 헤집으며 떠다니고 싶다. 안개만큼 탁한 물이어서 누구도 쉽게 들여다볼 수 없었으면 좋겠다. 언젠가는 마지막 희망처럼 부표浮標 하나 띄우고 바닥으로 가라앉아도 그만이다. 낡아 끊어지도록 아무도 발견하지 못한다 해도 두렵지 않을 것이다. 몇몇은 그 이전에 스스로 끊어버릴지도 모른다.

살구나무에 걸린 보름달이 엉덩이 간지러워 갈갈거릴 때 만나요. 너럭바위에 펼쳐놓은 빨래가 다 마르기 전에 와야 해요. 늦으면 아버지께 혼나요. 매화 향기가 문풍지를 흔드는 그믐밤엔 방문을 걸지 않을 거예요. 겨울에 오실 거면 강물이 풀리기 전엔 가지 마세요. 벚꽃이 다 지도록 오지 않으면 더는 기다리지 않아요. 이렇게 말해놓고 산딸나무 흐드러진 여름까지 큰길로 눈길을 주곤 하겠죠.

아침마다 구워주는 베이글bagel이 식기 전까지 그 카페로 와. 한 번만 다시 만나줘. 공원 입구에서 일곱 번째 가로등 아래 벤치에서 분수 꺼질 때까지 기다릴게. 버스 정거장 앞 편의점 세 번째 선반에서 네가 좋아하는 초콜릿을 찾았어. 건물 유리창에 비치는 노을 같은 머플러는 어디서 살 수 있을까. 항상 맨 끝 열차에 탄다기에 며칠 저녁을 기다렸어. 우리가 매직으로 이름 쓴 이파리가 단풍 들어 떨어질 때에는 제대할 거야.

도량형의 세계를 벗어나고 싶다. 내게는 허락도 받지 않고 함부로 측정해대는 저울눈금을 비웃으며 그 사이로 망명하고 싶다. 물리적 무게도 버리고 생각의 무게마저 훌훌 털어버리면 깃털로 가벼워지겠지. 의도하는 방향이 아니면 어떤가. 가볍게 날아오른다는 사실만으로도 만족할 수 있을 것이다. 회전하는 바늘의 속도보다 빠르게, 늦게 질주하거나 멈춰버리고 싶다. 똑딱하는 순간을 한껏 벌여서 당신과 그리로 숨어들겠다. 니스 해변의 몽돌을 만지작거리며 아이스커피 한 잔 하련다. 프랑크푸르트 공항 흡연실에 앉아 앞자리 글래머의 몸매를 훔쳐보겠다. 목백합 묘목이나 심어놓고 우듬지에 구름이 걸릴 때까지 기다리겠다.

그러나 도량형의 세계보다 엄혹한 인력引力이 있다. 도무지 날아오를 수 없는 관계의 그물에 갇힌 나는 익숙해질 만도 한데 탈출을 꿈꾸곤 한다. 소용없는 일인 줄 알면서 눈금의 바깥을 갈망한다. 소용없는 일인 줄 알기에 만물에, 만인에게 서로 작용하는 힘을 벗어나고 싶다. 시간은 허공에 그어놓은 금禁줄일 뿐이다. 누가 힐난하는 것도 아닌데 지레 움츠리곤 한다. 한 해를 보내며 보이지도 않는 시간에 매였던 나를 돌아본다. 시간을 핑계로 묶었던 나를 연민하게 된다. 부질없는 일이다. 어리석은 자책이다. 이별은 저 혼자 돌고 나는 나대로 방황했다. 얼음이 풀리면 구면인 사과꽃이 피고 빗쟁이 같은 폭우가 시작될 것이다.

회식의 속살들

신께서 마음이 급하셨음이다.

악마를 물리치고 서둘러 인간을 빚으시느라

당신 손에 묻은 능멸의 핏자국을 미처 다

씻어내지 못하셨음이다.

저 사내의 느물거리는 팔자주름과 눅눅한 눈꼬리가 내게로 기어
오는 것만 같은 밤이다. 예의를 꺼내고 실리콘을 넣었는지 저 여
자 얼굴에는 도무지 겸손과 배려가 없다.

회충 회蛔 — 저 인간이 합석한 저녁은 영락없다. 생리도 지났는
데 횟배처럼 출근길 내내 배꼽 아래가 싸르르 저미는 것이다. 서

둘러 변기에 앉아도 소용없고 뜨끈한 국물로 속을 지져도 가라앉지 않는다. 내 뱃속에, 아니 내 머릿속에 사는 기생충이다. 알비노도 아닌데 얼굴은 왜 저렇게 허옇고, 근육도 없으면서 팔은 툭하면 걷어붙이나. 얄팍한 팔뚝이 회충 우두머리처럼 보인다. 미치겠다. 내 어깨를 스친다.

생선 회膾 — 생선보다 더 비린 뒷담화가 오간다. 겨자를 범벅해도 감춰지지 않을 비리와 추문과 거래가 수북이 쌓이고 함부로 삼켜진다. 여자 가슴이 이만은 해야 한다며 두툼한 한 점을 손으로 콕 찔러대는 사내 너머로 다른 테이블에선 축 늘어진 한 점을 집어 올린다. 이렇게 매가리가 없으니 밤이 밤이 아니라고 중년 여인들이 �걀걀거린다. 고소한 뱃살 먼저 냉큼 집어 먹은 사내가 새우튀김도 얼른 집어 간다. 얼굴이 쥐며느리 닮았다.

모일 회會 — 월급 밀린 용병처럼, 짐 싣고 지친 당나귀처럼, 화살 맞은 멧돼지처럼 안색은 제각각이다. 눈빛으로 험담하고 술잔으로 위로하고 오줌 털며 욕을 한다. 몇몇은 늦게 오고 몇몇은 먼저 간다. 불이 위로 번지듯 시선은 상석을 향하지만 물이 흐르듯 마음은 탁자 아래로 흘러 집 앞까지 먼저 간다. 전부 모인다는 건 전부는 아니라는 증거다. 엎질러진 땅콩처럼 생각은 제각각 다른 방향으로 튄다. 접시만 표정 변화가 없다.

석회 회灰 — 분위기 경직시키는 인간이 있다. 말랑하게 잘 돌아가는 판에 상석에 앉은 사내에게 간을 집에 두고 오지 않은 이상 차마 못 할 야부를 퍼붓는다. 농담 삼아 한 말에 죽자고 덤비는 아랫놈이나 몇 년 앞섰다고 유치원생 취급하는 윗놈이나 모두 공범이다. 한 번 뿌려진 석회는 도통 걷어지지 않는다. 시계까지 굳어버려 도무지 끝나질 않는다. 분위기 바꾼다고 썰렁한 개그를 들이대는 인간도 꼭 있다. 제 풀에 화내고 파르르 먼저 간다.

횟수 회回 — 신혼 시절 잠자리 횟수도 아니고 지각해서 눈칫밥 먹는 횟수도 아닌 마당에 한 달에 몇 번이면 무슨 상관인가. 술 고픈 두주불사와 기러기아빠와 애인 없는 노처녀가 번갈아 선동이다. 양보다 질인데, 길 잃은 양보다는 주인집 딸을 찾아갈 참인데 도우미도 없는 노래방은 연기지옥이다. 수컷도 수컷 나름이지 서서 오줌 눈다고 함부로 들이대지 말란 말이다. 역시 횟수가 중요한 게 아니다. 양보다 질이다.

신께서는 당신처럼 인간이 너그럽다 착각하심이다. 아니, 당신이 너그러운 존재라 와장창 착각하심이다. 회식은 복부비만에만 유용할 뿐 다양한 후유증을 낳는다. 인간은 복숭아와 같아서 닿아 있으면 물러지고 썩는다. 비빌수록 좋은 건 연인들뿐이다. 바라건대 회식은 각자 눈빛이 통하는 사람들끼리만 허락하라. 같이 늙어가는 마당에 훈시 들을 기분 아니란 말이다. 돌아가신 할아버지가 살아오셔서 잔소리를 한대도 난 나대로 살 거란 말이다. 그저 너나 잘하시란 말이다.

배낭은 가볍게 물과 간식을 넣으세요. 마음은 자잘한 상념까지 다 챙겨서 무거워도 괜찮습니다. 승용차로 가셨거든 멀찍이 주차 장에 세우고 걸어서 오르세요. 행인들에게 흙먼지 퍼부으며 올라 가서 기복祈福한들 소용이나 있겠습니까. 초입 찻집에 들러서 솔 잎차 한 잔으로 마음을 다듬어야 합니다. 탁자의 어룽거리는 무 늬를 살펴보시면 되짚어 반성할 일이 생각날지 모릅니다. 동행이 있거든 그이의 신발끈을 살펴도 좋습니다.

대학진학, 취업성공, 가내화목, 모두 당연합니다만 들어주지 않 으면 다시는 오지 않을 셈인가요. 저는 말입니다. 들어달라 기도 하지 않습니다. 장남을 수능시험장에 넣어놓고 수종사에 간 적 있습니다. 대박을 기원하지 않았습니다. 녀석이 시험을 망쳐도 내 아들이니 미워하지 않았으면 좋겠다는 마음을 대웅전에 꺼내 놓고 왔습니다. 사실은 한동안 미웠습니다.

오후 세 시 이후면 좋습니다. 둘러보고 앉아 있고 추녀를 응시하며 기다리는 겁니다. 저녁예불이 시작되기 전에 법당의 촛불을 한번 보시면 장엄이 무엇인지 알 수 있습니다. 법고가 내 가슴을 두드리고 가도록 마음을 열고 듣습니다. 다 끝나거든 범종 소리 들으며 산사를 내려오는 겁니다. 캄캄한 산길을 천지가 공명하는 소리와 함께 내려오는 겁니다. 법고 소리와 함께 하는 해질녘의 산사가 진정한 풍경입니다. 범종이 내려가는 이의 등을 썻어줄 겁니다.